Der Mond macht keine halben Sachen

Felix Leibrock

Der Mond macht keine halben Sachen

Ein Buch über das, was zählt

Impressum

Bibliografische Information der Deutschen Nationalbibliothek:
Die Deutsche Nationalbibliothek verzeichnet diese Publikation in
der Deutschen Nationalbibliografie; detaillierte bibliografische
Daten sind im Internet über http://dnb.dnb.de abrufbar.

Lektorat: Carola Holzer
Korrektorat: Carola Holzer

Herstellung und Verlag: BoD – Books on Demand, Norderstedt

ISBN: 978-3-7578-2470-9

Seht ihr den Mond dort stehen?

Er ist nur halb zu sehen,

Und ist doch rund und schön.

So sind wohl manche Sachen,

Die wir getrost belachen,

Weil unsre Augen sie nicht sehn.

Matthias Claudius:
Der Mond ist aufgegangen
(1779)

PROLOG

Tief unten im See entdeckt ein Taucher eine geheimnisvolle Höhle. Gerade will er in sie eintauchen, sie erkunden, da geht ihm der Sauerstoff aus. Schafft er es noch rechtzeitig zurück an die Oberfläche?

Wie dieser Taucher fühle ich mich. Die schönen Seiten des Lebens – Sinn, Liebe, Zukunft – habe ich gerade entdeckt. Jetzt geht mir die Luft aus. Panik macht sich in mir breit. Und ich bin voller Selbstvorwürfe. Hätte ich nicht diese Tour unternommen, wäre ich heute nicht in dieser schlimmen Lage. Aber Hätte und Wäre sind Bremsklötze des Lebens. Mein Leben ist zurzeit sehr reduziert. Man kann auch sagen, es hat keine klare Perspektive. Ich will mir das Leben, seine Fülle, seine positiven Optionen zurückholen. Surfen am portugiesischen Atlantik, Lassowerfen in Texas, Darts spielen in einem irischen Pub … Meine Träume reichen für tausend Leben. Aber mir genügt das eine Leben, wenn ich es behalte. Wenn …

Ich will nicht weiter absacken, depressiv werden, resignieren. Was kann ich tun? Zwei Hoffnungen habe ich.

Die erste Hoffnung ist eine Organspende. Es ist ganz einfach: Ohne eine neue Niere sterbe ich bald, mit einer Spenderniere kann mein Leben zwar anders, aber neu beginnen.

Die zweite Hoffnung: All die Wunden, die mir das Leben in mein Innerstes, in meine Seele oder wie immer ich es nenne, geschlagen hat, heilen. Narben bleiben, aber es schmerzt nicht mehr. Hier glaube ich an die heilende Kraft des Lesens. Verrückt? Ja, Romane und Gedichte, die das Leben mit seinen Brüchen beschreiben, ver-rücken mich. Literatur bietet mir Fantasiewelten an, in die ich abtauche.

Welten, in denen ich meine Not zeitweise vergesse oder sie bei Romanfiguren wiederentdecke. Fiktiven Geschwistern, die für sich Wege zurück ins Leben gefunden haben. Auch Schreiben hat diese therapeutische Kraft. Indem ich diesen Text, die Vorgänge um mich herum und in mir drin, hier niederschreibe, nehme ich die Bleigewichte ein wenig von meinen Schultern.

Aber werde ich nur mit Hoffen und Lesen und Schreiben überleben?

So lange nun schon hoffen, hoffen, hoffen. Hoffen kann auch in den Wahnsinn treiben. Die Hoffnung stirbt zuletzt, was für ein Schwachsinn. Die Hoffnung stirbt immer und immer wieder. Aber genauso steht sie wieder auf, flutet das Herz und mandelt sich verführerisch zum Wunderengel auf.

Ach, und lesen und schreiben, wenn es einem so richtig dreckig geht - manchmal möchte ich die Bücher an die Wand schmeißen.

„Ein Mensch kann sehr lange, aber dennoch sehr wenig leben", sagt Michel de Montaigne vor mehr als vierhundert Jahren. Ich lebe vielleicht nicht mehr lange. Aber wenn es irgendwie geht, möchte ich noch sehr viel leben.

1

Das Bild vom Zauberberg ist mir gekommen, als ich den gleichnamigen Roman von Thomas Mann gelesen habe. Ich heiße übrigens Philipp und bin dreiundzwanzig Jahre alt. Damals, nach dem Abitur, habe ich bei einer Versicherung eine Ausbildung gemacht. Mein Chef, ein blasierter Vogel mit durchsichtig lackierten Fingernägeln, gab mir vom ersten Tag an zu verstehen, ich sei nur dann ein guter Mitarbeiter, wenn ich die Kunden übers Ohr haue. So direkt hat er es zwar nicht gesagt, aber die Tendenz war klar. Er erklärte mir seine Tricks, seine rhetorischen Finten bei Kundengesprächen und schickte mich zu entsprechenden Weiterbildungen in billige Konferenzhotels in den Spessart. Ein Leben lang bei solch einer Versicherung zu arbeiten, stellte ich mir unerträglich vor. Im Büro langweilte ich mich. Bei Kundengesprächen fürchtete ich mich vor empörten Fragen, weil der Schwindel aufflog. Auf Tagungen quälte ich mich durch kalte Themen, vorgetragen von arroganten Rednern, für die Kunden lediglich zu manipulierende Objekte waren. Ich sehnte mich nach einer Gegenwelt, nach einer Flucht in ein buntes warmes herzvolles ehrliches Leben. Literatur war für mich diese Gegenwelt. In jeder freien Minute habe ich damals gelesen, fast manisch.

Schon als Kind war Lesen für mich eine Art Burg und Hort und Halt. Ich lebte mit meiner Fantasie in Hogwarts, in Mittelerde oder in Kingsbridge. Das half mir, den Stress mit meiner Familie wenigstens zeitweise zu vergessen. Mit fünfzehn, sechzehn ging meine Lesesucht auf die deutschen Klassiker über. Auch liebte ich es, nach Neuerscheinungen in Buchhandlungen zu stöbern. Wie waren die neuen Romane von Christoph Hein oder Sibylle

Berg aufgebaut? Warum waren junge Autoren wie Benjamin Lebert oder Helene Hegemann erfolgreich? Welche Themen wählten Julia Engelmann oder Jan Wagner für ihre Gedichte? In der Stadtbücherei lieh ich mir die Bücher aus. Manchmal las ich sie schon, während ich die Treppen der Bibliothek hinunterstieg, so fiebrig erregt war ich von den Themen, so neugierig, wie sie behandelt wurden. Eine Zeitlang begeisterte ich mich für französische Gegenwartsliteratur. Faszinierend fand ich den Kultautor Michel Houellebecq, aber auch Jonathan Littell, Anna Gavalda oder Frédéric Beigbeder schenkten mir mit ihren Büchern das, was ich mit Glück gleichsetze: Das Vergessen der Zeit beim Lesen. Dass ich damit unter den Gleichaltrigen mit ihren Spielkonsolen und ihrem Abhängen an der Isar mit Soundbar zum Exoten avancierte, war mir egal.

Von der Ödnis im Versicherungsjob lenkte mich neben Lesen auch das Klettern ab. Die Idee, das Klettern in den Bergen zu erlernen, verdanke ich einem meiner Schullehrer. Wenn ich mich auf einem Klettersteig mit meinen Seilen und Karabinern sicherte, mich mit letzter Kraft auf einen Felsvorsprung stemmte und unter mir einen Hunderte Meter tiefen Abgrund sah, hatte ich das Gefühl, noch zu leben. Ein Gefühl, das mir im Versicherungsgebäude aus grauem Waschbeton am Mittleren Ring in München abging. Dort verwaltete ich Policen, Bearbeitungsnummern, Sachtitel - tote Materie. In den Wänden der Ostalpen dagegen hörte ich das Blut in meinen Ohren rauschen, mein Herz kam mir vor wie ein Bergwerk. Ein Steinbock sprang in der Morgenröte vor mir davon, Dohlen umkreisten mein Haupt, und der Enzian blühte trotz kargen Untergrunds.

An einem schwülen Augusttag war ich von München aufgebrochen, um den Watzmann zu überschreiten. Am

Abend vor der anstrengenden Tour mit langem Aufstieg stand ich in Ramsau vor meiner einfachen Unterkunft mit den abgewetzten Matratzen. Nein, das war kein nobles Sanatorium nahe Davos wie bei Thomas Mann. Auch spielt sich in *Der Zauberberg* das Wesentliche *am und auf dem Berg* ab. Und doch, als ich den Watzmann in den letzten Sonnenstrahlen rotgolden leuchten sah, das war so – zauberhaft. Und von da aus war es nicht weit bis zum Bild vom Zauberberg. Literatur als Zauberberg. Mit meinem Lesen lege ich Schächte an, dringe mit meinem Pickel *in den Berg* vor und erschließe mir neue Welten. Mit Rowling, Tolkien und Follett hatte ich ganz unten im Berg eine erste wunderbare Höhle mit einem dunklen See entdeckt. Mit Goethe, Schiller, Kleist, Lenz, Büchner war ich höher gestiegen, hatte einen riesigen Tropfsteinpalast aus Stalagmiten und Stalaktiten im Zauberberg ausgemacht. Weiter oben, zum Gipfel hin, traf ich auf einen Flöz mit wertvollen Rohstoffen, der französischen und deutschen Gegenwartsliteratur. Was aber ist mit den großen Russen? Was mit Flaubert, Maupassant, Baudelaire, Balzac, Zola? Was mit Shakespeare und Hemingway, mit Huxley, Salinger und John Williams? Ganz zu schweigen von den großen literarischen Werken aus Spanien, Italien, Skandinavien, von afrikanischer Literatur, den großen Werken aus Lateinamerika, Fernost ... Sie alle waren noch im Zauberberg verborgen und warteten darauf, von mir entdeckt zu werden.

Also machte ich mich auf die Spur, betrat den Zauberberg. Das bedeutete: Nach Abschluss der Lehre bei der Versicherung kündigte ich sofort und schrieb mich im Fach Allgemeine und Vergleichende Literaturwissenschaft an der Ludwig-Maximilians-Universität München ein. Berufsaussichten? Ich weiß schon, jetzt kommt der abgenutzte Gag mit dem Taxifahren. Geschenkt! Ich bin überzeugt, man findet einen erfüllenden Beruf, wenn man das studiert, was einem das Herz rät. Ja, das Herz. Und nicht der Verstand, die Berechnung, die Hoffnung auf ein fettes Konto.

Ich glaube nach wie vor, dass gute belletristische Bücher und Gedichte uns verändern, den Blick weiten, uns vielleicht sogar retten. Auch mich selbst. Aber das Leben hat mir ins Gesicht gespuckt. Ich muss mich erst mal abwischen.

2

Manchmal passieren Dinge, da ist danach nichts mehr so, wie es vorher war. Bei mir ist das gerade der Fall. Ich habe das Gefühl, alles zerfällt, löst sich auf. Eben habe ich die Posaunen von Jericho gehört und war beeindruckt von ihrem mächtigen Klang. Jetzt liegen vor mir tausend Trümmersteine, die nicht mehr aufeinanderpassen. Ich muss das Durcheinander in meinem Kopf sortieren. Das geht am besten, indem ich meine verknoteten Gedanken aufschreibe und sie, so hoffe ich, dadurch etwas auflöse.

Désirée, um mit ihr einmal anzufangen, lerne ich in der Cafeteria der Uni an einem gar nicht mal so grauen Novembertag kennen. Mit Mädchen Kontakt zu suchen, war mir immer schwergefallen. Die Angst, zurückgewiesen zu werden, als aufdringlich zu gelten, nur das Eine zu wollen, lähmte mich. In meiner Verzweiflung habe ich einen Mitschüler, Hubert, gefragt, wie so was geht. Mädchen anquatschen. Hubert war einer, der bei Mädchen gut ankam. Eine nach der anderen führte er, seinen Arm um ihre Hüfte gelegt, stolz wie ein Pfau über den Schulhof. Und er war, wie ich, erst vierzehn Jahre alt.

„Na, du musst sie halt ein bisschen anrempeln und fragen, ob sie mit dir gehen will", sagte er.

„Mehr nicht?", fragte ich.

„Mehr nicht!", antwortete er.

Ich war so blöd und habe das wirklich einmal getan. Die arme Nadja. Ich betete sie heimlich an. Den ganzen Tag dachte ich an sie. Und vor allem abends, vor dem Einschlafen. Dieses Kribbeln im Bauch, und noch mehr weiter unten. Und das Herz? Eine gepresste Zitrone. So bitter, so verzweifelt, so voller Sehnsucht war ich.

Sie steigt aus dem Bus, ich stolpere von hinten an sie heran, stottere die dämliche Hubert-Frage. Mein Puls schlägt wie Prasselregen. Sie zuckt zusammen, geht leicht in die Knie vor Schreck. Wendet sich zu mir um. Die saphirblauen Augen weit aufgerissen, die Pupillen starr. Wie ein Kalb vor der Schlachtung. Und dann rennt sie davon. Keuchend, panisch. Ihr Pferdeschwanz tanzt bedenklich. Ich stehe da wie ein Aussätziger, der eine Gesunde umarmen wollte. Wie bescheuert bist du denn, schreie ich mich an und trete gegen das Bushäuschen. Der Fuß schmerzt noch Tage danach.

Nach diesem Erlebnis habe ich es in der Schulzeit nie wieder gewagt, ein Mädchen anzusprechen. Ich zählte zu den dreien, vieren aus meiner Klasse, die bis zum Abitur keine Freundin hatten. Ich war ein Sehnsuchtsbündel, ein Kolumbus, dem allerdings die Pinta, die *Niña* und die Santa Maria vor dem Ziel abgesoffen waren. Mädchen, ein unerreichbarer Kontinent.

Und dann endlich, im Studium, Désirée. Sie sitzt an einem Ecktisch. Die schulterlangen Haare, braun, mit blonden Strähnchen, etwas spröde, hängen ihr in die Stirn, während sie sich über ein Buch beugt. Die rechte Hand an der Cappuccinotasse.

„Ach, du liest auch den Nadolny", sage ich und setze mich an ihren Tisch. Für meine Verhältnisse ist dieses Ansprechen sehr mutig. Immerhin störe ich sie beim Lesen. Sie wird aufstehen und gehen, erwarte ich. Das Nadja-Trauma. Mein Herz schlägt irgendwo im Hals ganz oben. Wahrscheinlich wandert es gerade ins Gehirn.

„Ja, den Anfang finde ich nicht schlecht", erwidert sie und schaut mich mit ihren Bernsteinaugen an. Eine Karthäuserkatze. Ich fühle, wie Schweiß als dünnes Rinnsal meinen Rücken hinunterläuft. Um meine zitternden Hände unter Kontrolle zu bringen, lege ich sie um die warme Teetasse.

„Warst du auch in der Vorlesung?"

Wir unterhalten uns über Sten Nadolnys *Die Entdeckung der Langsamkeit*, ein Buch aus dem Jahr 1983. Im Mittelpunkt steht John Franklin, ein Admiral und Forschungsreisender. Er denkt und handelt langsam. Viele Expeditionen in der ersten Hälfte des neunzehnten Jahrhunderts hat er geleitet.

„Er hat sein Handicap genutzt, die Langsamkeit." Ich räuspere mich. Mein Hals ist sehr trocken. Als hätte ich Backpulver verschluckt. „Er hat nicht übereilt gehandelt. Bei solchen Exkursionen manchmal ein Vorteil."

Stille. Das Gespräch darf nicht auslaufen, sage ich mir. Mir ist heiß. Haben die die Heizung bis zum Anschlag aufgedreht? Oh Mann, wenn sie wieder in das Buch schaut, war alles Ansprechen vergeblich. Dieser ganze Aufwand, dieser emotionale Höllenritt.

„Hat er eigentlich eine Frau gehabt, der Admiral?" Ich atme auf. Sie hat von sich aus etwas gefragt. „Ich meine, bei so vielen Exkursionen, da war er doch kaum zuhause. Und auf Deck gabs ja wohl kaum Frauen ..."

Zum Glück habe ich das Buch schon gelesen. Ich setze an, von Franklins erstem sexuellen Erlebnis mit einer Prostituierten in Südafrika zu berichten. Wahnsinn, jetzt rede ich schon über Sex mit einer Studentin, die ich vor fünf Minuten noch nicht gekannt habe. Da unterbricht sie mich.

„Sorry, ich habe dich zwar selbst nach den Frauen von Franklin gefragt. Aber eigentlich will ich das doch noch nicht wissen. Das spoilert die Geschichte, nimmt mir die Spannung."

Wir sprechen noch eine Weile über das Thema Langsamkeit. Über die beschleunigte Zeit seit dem

Erscheinen des Buches, den digitalen Wandel der Welt. Sie wird gleich aufstehen und gehen und du siehst sie dann niemals wieder, sagte eine Stimme in mir. Los! Frag sie nach ihrem Namen! Nach ihrer Telefonnummer!!! Sie wird dir einen Korb geben, spricht eine andere Stimme. Sie wird dich für aufdringlich halten! Lass es lieber bleiben! Ich weiche ihrem Blick aus. Starre mein graues Tablett an, als ob es ein Fernseher ist, auf dem gerade ein Actionfilm läuft. Dabei steht nur die trostlose Teetasse mit dem leichten Sprung drauf.

„Ich muss dann mal weiter!" Sie erhebt sich jetzt tatsächlich, hat die Tasse in der einen Hand. Mit der anderen wirft sie ihren gelben Fjällräven-Rucksack über die Schulter.

Los, rede!!!, brüllt es jetzt in mir.

„Ich heiße übrigens Philipp." Paralysiert bleibe ich auf meiner Bankseite sitzen. Schaue sie von unten herauf an wie ein Chihuahua sein Frauchen.

„Désirée." Sie lächelt mich an.

„Äh, gibt's du mir deine Handynummer?" Das sage ich trocken, ersterbend. Habe ich ein Reibeisen verschluckt? Jetzt huste ich auch noch wie eine alte Zündkerze. Sie kramt ihr Handy aus dem Rucksack. Ich sage ihr meine Nummer. Als sie mir ihre mit Bluetooth schickt, weiß ich nicht, was stärker vibriert, mein Handy oder mein Herz.

3

Noch am selben Abend schreibe ich ihr. Ich drücke auf Senden. Ab diesem Augenblick klebt mein Blick auf dem Handy. Obwohl es beim Eingang einer Nachricht vibrieren und ich es hören würde. Vor dem Schlafengehen lege ich es auf meinen Nachttisch. Stelle den Signalton auf laut. Alle zwei Minuten, ach was, alle zehn Sekunden schaue ich drauf. An Einschlafen ist nicht zu denken. Mein Gehirn nimmt die Form eines Handys an. Aber Désirée antwortet nicht. Hat sie einen Freund? Bin ich ihr zu langweilig? Stören sie meine Aknenarben? Fragen wie Säbelhiebe. Erst am Wochenende darauf kommt die Erlösung.

Bin mit dem Nadolny durch. Wollen wir mal quatschen?

Ich nehme mir vor, ihr einige Stunden später zu antworten. Schreibe ihr nach fünf Minuten. Du verlierst sie sonst, weil sich vielleicht zwischendurch ein interessanterer Typ bei ihr meldet. Das rede ich mir ein. Unterstelle damit, ich hätte sie gewonnen. Mann, ich bin verliebt! Nach so einer langen Durststrecke, wie ich sie hinter mir habe, geht das mit dem Verlieben schnell. Endlich einmal eine Freundin haben. Hand in Hand losspazieren und die Sonne vom Himmel pflücken. Sie hat eine kleine Lücke zwischen den linken Schneidezähnen. Über der Oberlippe einen winzigen Leberfleck. Ist einen Kopf kleiner als ich. Sie schaut frech und optimistisch aus. Einfach nur schön ist sie. Finde ich jedenfalls. Dass sie um die Hüften ziemlich kräftig gebaut ist, stört mich nicht. Wenn man verliebt ist, wird ein Schotterplatz zum Erdbeerfeld. Sie liest außerdem Gegenwartsliteratur und Gedichte. Dazu dieser eher seltene und feengleiche Name

- es gibt für mich, so bin ich mir sicher, keine bessere Frau auf der ganzen weiten Welt.

Wir verabreden uns zu einer Fahrradtour an der Isar. Picknicken. Sprechen über unser Studium, unsere Berufsziele, über das Leben in München. Über meine bescheuerte Lehre als Versicherungskaufmann. Nur als sie mich nach meiner Familie fragt, halte ich mich bedeckt. So ein schwieriges Thema. Désirée hakt nicht nach, als ich ausweichend antworte. Sie spürt wohl mein Unbehagen. Nach einigen Wochen fällt auch diese Schranke. Sie ist die Tochter einer Schauspielerin aus Luxemburg und eines Kölner Unternehmers und Karnevalspräsidenten. Mit ihrer direkten, unverkrampften Art strahlt sie etwas Leichtes, Positives, Lebensbejahendes aus. Eigenschaften, die mir selbst fremd sind. Was mir aber gefällt, guttut. Ausführlich erzähle ich ihr jetzt von meinem strengen und cholerischen Vater. Vom trüben Dasein meiner Mutter im abgedunkelten Schlafzimmer. Von meinem Entschluss, vor meiner Familie zu fliehen. Wie ich das mit achtzehn Jahren umgesetzt habe. Um diese Flucht vor mir selbst zu rechtfertigten, habe ich meinen Eltern neue Namen gegeben. Nur für mich. Wenn ich an sie denke, mich innerlich gegen sie rechtfertige. Nicht mehr Papa und Mama nenne ich sie. Das waren sie für mich schon lange nicht mehr. Mein Vater ist für mich jetzt der *Gereizte*, meine Mutter die *Abwesende*. Auch von meiner Schwester Lou berichte ich ihr. Von den vielen Streiten, der gelegentlichen Nähe, dann der völligen Entfremdung. All das Bedrückende meines Lebens auszusprechen, es durch Rückfragen Désirées gespiegelt zu sehen, das macht mich frei. Jemanden zu haben, bei dem man seine Probleme aussprechen kann und der oder die einem zuhört statt mit Ratschlägen zuzustopfen, ist ein Geschenk. Ich fühle mich Désirée immer stärker verbunden. Sie studiert Geografie,

Berufsziel noch offen. Ich würde gerne in einem Verlag arbeiten, vielleicht als Lektor. Damit ich meine Liebe zur Literatur ausleben kann. Träume, weich und süß wie die Zuckerwatte auf der Auer Dult. Uns verbindet viel, es hat gefunkt, wir sind auf der gleichen Wellenlänge. Ein glückliches Leben zu zweit leuchtet auf. Für mich jedenfalls. Damals. Vor dem Absturz.

Klettern in den Bergen ist leider nicht Désirées Sache. Meine Überredungsversuche laufen ins Leere. Ich glaube, sie fühlt sich zu dick und schwer dafür, ohne dass sie es ausspricht. Aber sie wandert gerne. Während ich in den Wänden klettere, geht sie auf den markierten Pfaden zum Gipfel. Oben auf der Hütte dann Kaiserschmarrn und Radler für uns beide. Allerdings muss sie am Wochenende des Unglücks eine Hausarbeit schreiben. So fahre ich alleine mit dem Zug nach Füssen, in die Ammergauer Alpen. Den Tegelberg über den gleichnamigen Steig zu erklimmen, ist mein Ziel. Ich lege meinen Kletter-Harnisch an, befestige die beiden Karabiner daran und mache ein Selfie, das ich Désirée schicke.

Ich freue mich auf dich heute Abend!

Ich habe Bilder von Désirées kuscheliger Ein-Zimmer-Wohnung vor Augen. Das mit einer roten Plüschdecke überzogene Bett. Die duftenden Kerzen auf dem mintgrünen Beistelltisch. Die auf dem Herd köchelnden Spaghetti. Dort werde ich sie noch am selben Tag, abgekämpft vom Klettern, sehen, sprechen, lieben. Denke ich. Unsere nächste Begegnung ist aber erst mehr als eine Woche später. In der Unfallklinik in Murnau.

4

Der Morgen ist diesig, der Himmel eine wabernde milchige Suppe. Ein Junitag, an dem die Sonne noch nicht weiß, ob sie ein alter Mann mit Arthrose ist, der lieber zuhause bleibt oder der doch den ganzen weiten Weg über den Horizont antritt. Es ist nicht kühl, nicht heiß – ideales Kletterwetter. Die Ammergauer Alpen bieten einige anspruchsvolle Steige für Kletterer. Vor vier Jahren habe ich mir Klettern als Freizeitsport ausgesucht. Ich wollte etwas gegen meine Ängste tun. Sie fluten oft meine Gedanken, hemmen mich, ein normales Leben zu führen. Wenn ich mich ihnen beim Klettern gezielt stelle, überwinde ich sie ein Stück weit, so hoffte ich. Am Anfang standen zwei Kletterkurse in den Ötztaler Alpen, die ich über den Deutschen Alpenverein buchte. Einführung in die Grundtechniken, Risikoabschätzung, Wetter- und Materialkunde. Auch das Klettern im Eis haben wir probiert. Mir genügte das, um für mittelschwere Klettersteige in den Alpen gerüstet zu sein. Etwa dreißig Klettersteige habe ich bis zum Unglückstag absolviert. Darunter deutlich schwierigere als den Tegelbergsteig. Beim Klettern bin ich zu diesem Zeitpunkt längst angstfrei. Auf keinen Fall möchte ich den letzten Zug nach München verpassen und dann den Abend auf einer Bank des Füssener Bahnhofs verbringen. Désirées warme Arme sind die klar bessere Perspektive. Ich bin im Klettern geübt, sicher, routiniert. Immer ein Karabiner muss im Seil befestigt sein, lautet eine der Grundregeln. Das Ein- und Ausklinken der Karabiner ist allerdings zeitaufwändig. Kann man sich an sicheren Stellen sparen. Eine gefährliche Kombination braut sich da bei mir zusammen:

Routine und Eile. Ergibt Leichtsinn. Das weiß ich heute, im Rückblick.

Wenn ich versuche, den Ablauf des Unglücks zu rekonstruieren, bin ich auch auf Zeugenaussagen angewiesen. Außerdem auf das Protokoll der Bergwacht. Und Schilderungen des medizinischen Personals in der Murnauer Unfallklinik. Meine eigenen Erinnerungen enden bei dem Gefühl, irgendein fliegender Teufel sei auf meinem Rücken gelandet.

Immer ein Karabiner im Seil. Daran halte ich mich die ganze Zeit, als ich den ersten Abschnitt des Tegelbergsteigs in Angriff nehme. Das schreibe ich nicht nur wegen der Versicherung, die meine Behandlungskosten sonst infrage stellt. Es war wirklich so. Der Anstieg ist anspruchsvoller, als ich es vermutet habe. Schwierige Passagen, die Kraft und Balance erfordern. Ich sehe eine Gruppe von drei Kletterern, eine Frau und zwei Männer. Sie sind an einer dieser Stellen sichtlich angespannt. Die Arme und Hände zittrig, mit fast panischen Blicken. Der Steig ist eine Einbahnstraße. Da müssen sie jetzt durch. Mit nervösem Lachen machen sie mir Platz. Ich fühle mich in diesem Augenblick überlegen, stark, unbesiegbar. Nach der steilen Kletterpassage komme ich an eine ebene und erdige Stelle, die für eine kurze Rast geeignet ist. Trinken, Arme entspannen, Kraft tanken. Das Drahtseil endet an der flachen Stelle, um einige Meter weiter im nächsten Steilstück neu zu beginnen.

Erst jetzt klinke ich mich mit beiden Karabinern aus, öffne den Rucksack. Schnell trinke ich ein paar Schlucke von meinem Energy Drink und wische mir den Schweiß mit dem Ärmel von der Stirn. Dann die Flasche wieder in den Rucksack, die Schnüre zusammenziehen, den Rucksack schultern. Ein letzter Kontrollgriff, ob der Rucksack auch gut und eng anliegt. Ich gebe zu, dass ich das eilig, unkonzentriert, aus heutiger Sicht auch leichtsinnig tue. An so einer unbedenklichen Stelle kann nichts passieren, sagt mir mein Unterbewusstsein. Natürlich wäre es besser, während der Rast mit einem Karabiner am Ende des Seils noch eingeklinkt zu bleiben. Danach ist man immer klüger. Ich greife also nach hinten. Genau da spüre ich dieses Ziehen am Rücken, den Flugteufel. Kurz sehe ich ihn über die Schulter an. Er ist entgegen tradierten Bildern weiß wie Marmor aus Carrara. Oder ist er aus Meißner Porzellan? Mit seinen zwei kleinen Hörnern erinnert er mich an Michelangelos Moses in San Pietro in Vincoli in Rom – das monumentale Denkmal behandelten wir im Kunstunterricht. Nur dass der Teufel auf meinem Rücken viel kleiner ist. Einem Schimpansen vergleichbar. Mit angezogenen Knien klammert er sich mit seinen langen schlanken Fingern an meinem Rucksack fest. Die algengrünen Augen funkeln wie die bei Käthe-Kruse-Puppen. Mit seiner langen blutroten Zunge hechelt er mir direkt ins Ohr. Mit aller Macht zieht er mich mit seinem Gewicht vom Felsen weg in die Tiefe. Heute erkläre ich mir das mit einer Windböe. Sie erfasst mich direkt am Rucksack. Durch die Körperdrehung und den heftigen Windstoß verliere ich das Gleichgewicht. Mit dem Gesicht schlage ich heftig gegen den Felsen und sehe für einen Sekundenbruchteil, wie mir Blut auf die Hand spritzt. Die Grasbüschel, auf denen ich stehe, sind vom Tau der Nacht noch etwas feucht und damit glitschig. Von ihnen rutsche ich jetzt ab in die Tiefe wie mit einer Seifenkiste. Im Weggleiten versuche ich, mich mit den Händen noch in die Grasbüschel zu krallen. Das gelingt nur Millimomente. Die physikalischen Kräfte des Stürzens sind zu stark. Im freien Fall höre ich den gellenden Schrei der Frau aus der

Dreiergruppe unter mir. Dann ist alles wüst und leer, und es wird finster auf der Tiefe.

Die Bergwacht ist schnell zur Stelle. Ich liege bewusstlos neben einem schweren Felsbrocken. Mit dem Rettungshubschrauber fliegt man mich nach Murnau in die Unfallklinik. Vier Tage dämmere ich bewusstlos auf der Intensivstation vor mich hin. Dann erwache ich. Ein Licht irgendwo über mir blendet mich.

„Ein Wunder, dass Sie das überlebt haben!" Ich erkenne einen hageren Mann mit fliehendem Kinn und hoher Stirn, der sich über mich gebeugt hat. „Gut, dass Sie einen Helm aufgehabt haben!"

Jetzt sehe ich schemenhaft auch andere Menschen in weißen Kitteln. Sie alle sind länglich, wie in einem Zerrspiegel. Irgendetwas stimmt mit meiner Optik nicht.

„Sie sind ganz schön tief gestürzt. Zum Glück hat ein Gebüsch den ersten Aufprall abgefedert. Sie haben sich danach noch mehrfach überschlagen. Abgebremst hat sie zum Schluss ein stattlicher Felsbrocken. Der war wie eine Wand, an der sie nicht mehr vorbeikamen. Hallo? Verstehen Sie, was ich zu Ihnen sage?"

Der Mann mit seinem spitzen Mund hat sich wieder über mich gebeugt, leuchtet mir ins Auge. Ich rieche sein Rasierwasser. Seine Spechtaugen sehen mich eindringlich durch eine Brille an.

„Ist er zerbrochen?", frage ich.

„Wer?"

„Der Teufel."

5

„Was denn für ein Teufel?"

„Der Porzellanteufel."

Der Specht wendet sich der Gruppe zu. Sie murmeln etwas, was ich nicht verstehe. Ich dämmere wieder weg.

Am nächsten Tag bei der Visite bin ich schon wach, als der Tross an mein Bett tritt.

„Ah, das sieht doch schon mal ganz anders aus als gestern", hebt der Arzt an. Noch einmal erzählt er mir vom Wunder, vom Helm. Er beugt sich wieder über mich, flüstert.

„Beim ersten Aufprall haben Sie instinktiv die Embryostellung eingenommen. Einige Rippen sind gebrochen, auch das rechte Bein. Dazu die Gehirnerschütterung. Kompliziert ist der Bruch am Übergang von Brustwirbel- und Lendenwirbelsäule. Wir haben die gebrochenen Wirbelkörper wieder zusammengeflickt. Das tut jetzt noch einige Zeit weh, ich weiß. Aber das heilt alles wieder. Und ist glimpflich angesichts der Sturzhöhe. Nur ..."

Die Pause, die jetzt eintritt, hat etwas Bedrohliches. In der Ferne höre ich, wie sich die automatische Tür zur Intensivstation öffnet und wieder schließt. Das *nur* des Arztes spricht Bände. Deutet an, dass die schlimmste Nachricht noch bevorsteht. Oder bilde ich mir das nur ein? Mir ist es nicht möglich, nachzufragen, was das *nur* bedeutet. Ich bin einfach zu schwach. Professor Baumer, als der ich ihn später kennenlerne, dreht sich zur Visitationsgruppe um. Sie machen wieder auf Murmeltiere. Als die Gruppe zum nächsten Intensivbett geht, kommt Schwester Heidi zu mir und gibt mir etwas zu trinken. Hallo, wie geht es uns denn, schön, dass Sie aufgewacht sind.

Wieder einen Tag später bin ich bei der Visite noch ein Stück wacher im Kopf als am Vortag. Ich frage Professor Baumer sofort, was er mir verschwiegen hat.

„Verschwiegen habe ich Ihnen nichts", entgegnet er. „Wir haben noch verschiedene Untersuchungen abgewartet. Aber jetzt sehen wir schon klarer, was mit Ihnen ist."

Er sieht mich mit einem schiefen Lächeln an. Sein Kinn ist wirklich ausgeprägt.

„Was?", presse ich hervor.

„Sie haben leider eine schwere Schädigung beider Nieren."

„Nieren?"

„Ja, das ist durch den massiven Aufprall auf den Rücken passiert. Eine Ihrer Nieren ist völlig zerstört. Wir müssen sie operativ entfernen. Die andere hat nur noch eine geringe Leistungsfähigkeit. Vielleicht zwanzig Prozent."

Die Worte sacken nicht richtig in mein Bewusstsein. Noch halten Sandsäcke die Flut ab, schützen mich vor dem Ertrinken, dem Verzweifeln. Vielleicht ist alles nur ein Irrtum. Reichen nicht zwanzig Prozent einer Niere zum Leben? Ich habe keine Ahnung. Aber man hat ja heutzutage so viele medizinische Möglichkeiten. Gibt es nicht auch künstliche Nieren? Die werden mich doch nicht hier mit einer solchen Nachricht alleine lassen, nach Hause schicken ... Trotz dieser panischen Gedanken schlafe ich während der Visite ein. Die vielen Medikamente erschöpfen mich.

Als ich wieder aufwache, stehen Frank und Sabine an meinem Bett auf der Intensivstation. Meine Adoptiveltern. In grünen Besucherkitteln und Mund-Nase-Masken. Erst als sie sprechen, erkenne ich sie.

„Wir bekommen das alles hin", sagt Frank. Seine Augen sind wässrig, halten meinem Blick nicht lange stand. Ich führe das auf mein ramponiertes Aussehen zurück. In meinem Gesicht spüre ich überall Pflaster, den Kopf umhüllt ein riesiger Mullverband, das gebrochene Bein hängt an einem Galgen über meinem Bett. „Wir werden dir die besten Bedingungen schaffen, wenn du in Großhadern oder Harlaching zur Dialyse musst. Wir fahren dich. Oder zahlen dir ein Taxi, kein Problem. Du bekommst als Privatpatient optimale …"

„Stopp, Frank", gehe ich dazwischen. Seine Worte reißen die Sandsäcke weg, überschwemmen mich. „Heißt das, ich bin ein Leben lang jetzt von Geräten abhängig? Dialyse, was bedeutet das?"

Sabine schiebt Frank zur Seite. Sie greift nach meiner Hand, streichelt sie umständlich um die Kanüle herum.

„Philipp, bei der Dialyse übernimmt ein Gerät anstelle der Niere die Blutreinigung. Aber es gibt auch noch andere Möglichkeiten, dir zu helfen. Ich meine, wegen deiner Nieren."

Ich reiße die Augen auf, sehe, wie Sabines Lippen ganz leicht zucken. Ihre weichen Gesichtslinien stehen im Kontrast zu den streng zurückgekämmten und in einem Pferdeschwanz domestizierten Haaren.

„Welche Möglichkeiten?" Ich ahne in diesem Augenblick, die Antwort Sabines wird über Leben und Tod entscheiden.

„Man kann dir auch eine Niere transplantieren." Jetzt fällt ihr eine Haarsträhne ins Gesicht und baumelt wie ein Pendel vor meinen Augen hin und her. Mir fällt ein Podcast der *Süddeutschen Zeitung* ein. Da ging es um Transplantationen. Um Wartelisten für Spenderorgane und wie wichtig es sei, einen Organspendeausweis auszufüllen und bei sich zu tragen.

„Ich muss also darauf warten, irgendwann mal von einem Toten eine Niere zu bekommen, richtig? Und wenn die nicht rechtzeitig kommt, sterbe ich, sollte die verbleibende und beschädigte Niere komplett ausfallen, ja?"

Eigentlich hätte ich diese Fragen besser Professor Baumer gestellt. Aber Frank und Sabine haben sicher mit ihm gesprochen, wissen Bescheid. Sie sind nun mal gerade hier, müssen mir antworten, weil ich nicht länger im Ungewissen bleiben will. Ich erinnere mich an das Stichwort Lebendspende, das in dem Podcast fiel. Dass dafür aber nur nahe Verwandte infrage kommen. Oder andere Personen, wenn sie einem persönlich sehr nahestehen und geeignete medizinische Werte haben. Frank ist jetzt wieder an mein Bett getreten, redet.

„Wie gesagt, Philipp, wir werden alles tun, um dir die besten Behandlungsmöglichkeiten zukommen zu lassen. Wir stellen auch gerne einen privaten Betreuer für dich ein. Der Professor hat uns gesagt, man kann auch ganz ohne Niere leben. Dann eben mit umfassender Dialyse. Zumindest vorübergehend. Wir werden uns erkundigen, wie lange es dauert, bis eine Spenderniere definitiv zur Verfügung steht. Vielleicht geht da ja auch was im Ausland. Also am Geld wird es nicht scheitern."

Durch meinen Kopf rast eine Flipperkugel wild hin und her. Stößt mal hier an, mal dort. Sie steuert ein klares Ziel an, eine eindeutige Frage. Ich stemme mich trotz der Rippenschmerzen hoch, schaue Frank eindringlich an.

„Frank, bist du bereit, mir eine Niere zu spenden?"

Natürlich ist das ein Überfall. Aber es geht gerade nicht anders. Ich frage ihn und nicht Sabine, weil er gerade so lautstark gesprochen hat. Seine ganzen Angebote klangen so, als wolle er meine Frage erst gar nicht aufkommen lassen. Meine Verzweiflung ist zu groß. Frank weicht, nachdem ich ihn gefragt habe, meinem Blick blitzartig aus. Er schaut irgendwo seitlich auf mein Kopfkissen. Leer, ausdruckslos. Ich starre auf den Kragen seines weißen

Hemdes. In Argentinien laufen dem Gaucho Ramiro in diesem Augenblick gleich drei Pferde nacheinander unter dem Lasso weg und er hängt deswegen seinen Job an den Nagel. Ramiros Nagel reicht auch noch, um Franks Korb dranzuhängen. Den Korb, den er mir mit seinem Schweigen und den entgeisterten Blicken gibt. Mein Adoptivvater Frank. Mir kommen die Bilder hoch, wie er und Sabine mich an der Isar angesprochen haben. Dort habe ich einen Sommer über gelebt. Sie haben mich aus einer Notlage herausgeholt. Wir werden dich hochpäppeln, dir eine Perspektive schenken, alles für dich tun, sagten sie damals. Alles? Wirklich alles? Jetzt, wo es darauf ankommt, lässt du, Frank, mich also doch im Stich. Ich ahne das. Von den Sandsäcken ist nichts mehr zu sehen. Das Wasser steht mir Oberkante Unterlippe.

6

Frank und Sabine kommen von einer Einladung zum Brunch bei Freunden in Haidhausen. Es ist ein später Julinachmittag, die Sonne über München tanzt immer noch ein bisschen Samba. Weil sie beide Aperol Spritz und Bardolino trinken wollten, sind Frank und Sabine mit Tram und U-Bahn zum Brunch gefahren. Jetzt sind sie zu Fuß unterwegs, zurück nach Harlaching, wo sie leben. Seit einigen Wochen habe ich mein Quartier in den Isarauen unweit der Wittelsbacher Brücke aufgeschlagen. Das marineblaue Trekkingzelt, das mir meine Eltern zur Konfirmation geschenkt haben, erweist sich bei Regen als Segen. An schwülen Tagen wie diesen, die selbst in der Nacht kaum abkühlen, lasse ich das Zelt zusammengerollt neben dem Schlafsack liegen.

Nur wenige Meter von meiner Schlafstelle entfernt verläuft der Weg, auf dem sich Radfahrer und Partygänger auf und ab drängeln. Auf den Wiesen überall feiernde, lachende, scherzende Gruppen junger Menschen. Grasgeruch, Gitarrenklänge, Grillrauch. Die Frauen in Shorts und knappen Tops, die Männer mit eng anliegenden T-Shirts, Bierdosen in der Hand und Oakley-Sonnenbrillen. Um mich herum die pralle Lust von Open Air, Flirt und Party. Am Rande der von den Alpen gespeiste Fluss, der so tut, als ginge ihn das alles nichts an. An solchen Abenden spüre ich meine Isolation besonders stark. Ich bin physisch ganz nah an der Gesellschaft der Glücklichen. Und doch trennen mich von ihr Welten. Ich bin wie die Isar - teilnahmslos.

Aus dem Elternhaus zu fliehen, das habe ich mir lange und gründlich überlegt. Schon mit vierzehn, dann mit sechzehn Jahren bin ich so weit gewesen. Aber mir fehlte der Mut, auch eine Idee, wie ich nach der Flucht leben wollte. So schlimm es auch zuhause war, hatte ich dort doch ein Bett zum Schlafen und einen Ort, um für die Schule zu lernen. Erst als ich das Abitur vor Augen hatte, stand der Plan. Ich wollte die Schule abschließen, dann fliehen und mir einen Job suchen, eine Bleibe. Vielleicht irgendwann studieren. Hauptsache weg von zuhause! So kam es dann auch.

Der Abifeier bin ich ferngeblieben. Meine Mutter, da war ich mir sicher, würde sowieso nicht zur Feier erscheinen. Meine Schwester erst recht nicht. Ich hatte meinem Vater die Einladung auf den Schreibtisch gelegt. Wir redeten seit Jahren fast kein Wort mehr miteinander. Warum also hätte ich die Einladung zur Abifeier persönlich aussprechen sollen?

Den Betrag für eine oder zwei Personen überweisen, auf dieses Konto, meinen Beitrag zahle ich selbst, schrieb ich trotzig auf die gedruckte Einladung. Mit einem Pfeil auf die Bankverbindung. Mensch, wie bockig war ich damals! Ich habe die Gelegenheit versemmelt, über ein freudiges Ereignis, das Abitur, eine neue Basis des Gesprächs mit meinem Vater und meiner Familie zu finden. Wie gut wäre es gewesen, mit einem Prosecco anzustoßen. Die Verwerfungen der Jahre davor wenigstens ein bisschen wegzuspülen. Familienereignisse machen es manchmal möglich, Wunden heilen zu lassen. Ich habe die Abifeier benutzt, oder sagen wir ruhig missbraucht, um alte Narben wieder aufzureißen. Heute bereue ich das. Ich frage mich, warum es erst eine schwere Erkrankung oder ein anderes tragisches Ereignis braucht, um einem den Wert familiären Zusammenhaltens bewusst zu machen.

Die Zeugnisse gab es schon am Vormittag in der Schule. Am späten Nachmittag stellte ich mich versteckt an den Rand des Schulhofs, unter die drei großen Eichen. Von dort beobachtete ich, wie meine Klasse mit ihrem Anhang auflief. Die Mitschülerinnen schwebend wie Schmetterlinge, in farbigen Tüllkleidern mit Pailletten und Ziersteinen. Die Jungs in stylischen Anzügen, die Krawatten schief, die Scheitel pomadig. Ich dagegen, mit meiner schwarzen Baumwollhose und dem weißen Hemd, ohne Jackett, erinnerte an ein männliches Aschenputtel. Ich sah meinen Vater auftauchen. Mit seinem orangebraunen Anzug und dem kobaltblauen Strohhut erinnerte er mich an einen überdimensionierten Eisvogel. Schwitzend drehte er sich hin und her, sah sich mit angestrengter Miene nach mir um. Ein Fremdkörper zwischen all den Familien mit ihren erwartungsvollen und freudigen Gesichtern. Mich überkam ein Moment der Rührung, eine warme Regung im Herzen. Auch seine Kindheit war durch einen überstrengen Vater eingetrübt. War es nicht verständlich, dass er diese Strenge an mich weitergab? Solche Empathie hatte mich schon öfter beschlichen. Aber jetzt wollte sie mich übermannen. Schon tat ich einige Schritte aus meinem Versteck hervor, ging auf ihn zu. Da sah ich ihn ins Handy tippen. Sekunden später spürte ich das Vibrieren in meiner Hosentasche.

WO BIST DU???

Drei Fragezeichen. Jedes für sich ein Ausdruck von diesem Galligen, was unzählige Male am Anfang seiner Wutausbrüche gegen mich stand. Ein Ausdruck von erstens: Einfordern von absolutem Gehorsam. Von zweitens: Gnadenloser Strenge, wenn ich das Geforderte nicht gut erledigte. Und drittens: Anderweitig herrührendem Frust, den er an mir abreagierte. Nicht mal an so einem Tag hatte er sich im Griff. Mein Herz kühlte ab, gefror. Auch wegen dieser drei Fragezeichen ging ich nicht zur Abifeier.

Aber das lag nicht nur an meinem galligen Vater. Auch meine Bindungen zu den Mitschülern waren nicht besonders gut. Sie waren genau genommen schlecht. Ich galt als Außenseiter. Man verspottete mich oft wegen meiner Aknenarben. In der Pubertät überfielen mich die Pickel wie Ameisen den Himbeersirup. Als Jugendlicher war ich oft hypernervös. Das lag an den Wutanfällen meines Vaters. An den Ängsten vor Mädchen. An den Hänseleien der Mitschüler, die sagten, ich sei ein Weichei, weil ich Rilke und überhaupt Gedichte und Romane gut fand. Das alles waren Gründe, warum ich mir ständig im Gesicht herumfummelte. Die Akne hinterließ dort bleibende Spuren. Gleichzeitig brannten sich die Wutanfälle, die Ängste in meiner Seele ein.

Ich sah noch, wie mein Vater in die Aula zur Abifeier ging, auch ohne mich. Vielleicht glaubte er, ich sei schon drinnen. Nichts wie weg, dachte ich, und rannte zum See. Dort ließ ich Steine auf der Oberfläche tanzen. Man würde mir, das war durchgesickert, für einen Aufsatz über Rilkes Gedichte einen Sonderpreis verleihen. Mein Name wird gerade aufgerufen, stellte ich mir vor und warf sanft einen flachen Stein auf den See. Alle schauen sich um, fixieren schließlich meinen Vater. Er sitzt am Tisch der Eltern, deren Kinder einen Sonderpreis bekommen. Sie fragen ihn: Wo ist Ihr Sohn? Die Schulleiterin wird eine verlegene Ausrede ins Mikrofon stammeln. Ich sei vielleicht irgendwo aufgehalten worden. Dann gibt sie die Urkunde meinem Vater. Applaus. Er wird sie dem Herrn Sohn später aushändigen, schiebt die Schulleiterin noch hinterher. So, und jetzt schnell zum nächsten Sonderpreis.

Wo ist Ihr Sohn? Ich rannte vom See nach Hause. Meine Mutter schlief, was sonst. Meine Schwester hatte ich gerade noch gesehen, wie sie mit einem Verehrer in einem Cabrio davonfuhr. Sie hatte mich nicht bemerkt. Schnell holte ich meine im Keller verstauten Sachen, das Trekkingzelt, den Schlafsack. In meinem Zimmer warf ich einige Bücher, das Abizeugnis, Ausweis, Sparbuch, Bargeld, Taschenlampe, Trinkbehälter, Klamotten in meine Sporttasche. Die Geräusche, die ich verursachte, weckten meine Mutter. Sie stöhnte im Schlafzimmer auf. Sollte ich mich von ihr verabschieden, schoss es mir durch den Kopf. Sie wird nicht verstehen, was vor sich geht, beruhigte ich mein Gewissen. Außerdem war ich wütend auf sie. Sie war nie, nie, nie für mich dagewesen. Natürlich war ihre kaputte Psyche schlimm. Jetzt erwartete ich von ihr nichts mehr. Aber sie hatte die Karriere über alles gestellt. Ich war ihr da mehr oder weniger egal gewesen. Jeder Mensch ist für sich selbst verantwortlich. Sie also auch für ihr verpfuschtes Leben. Nicht ich. Manchmal frage ich mich auch, ob das Verhältnis zwischen mir und meinem Vater nicht so zerrüttet wäre, wenn ich eine normale, sich kümmernde Mutter gehabt hätte. Da sie in vielem ausfiel, war mein Vater überfordert. Und er war cholerisch veranlagt. Ständig brannte die Lunte. Die Familie ein Sprengstofflager. Mit achtzehn jedenfalls ging es mir nur um eine Frage: Wer ist schuld? Ich selbst war es, so dachte ich damals, jedenfalls nicht. Deswegen musste ich auch bei meiner Flucht keine Rücksichten nehmen.

Mit raschen Schritten ging ich zum S-Bahnhof und atmete erst auf, als der Zug Richtung München losfuhr. Die Nacht meiner Abifeier war die erste, die ich unter freiem Himmel verbrachte. Mit achtzehn war ich ein freier Mensch. Eine Vermisstenanzeige meiner Eltern würde keine Suchaktion auslösen. Vorsorglich schrieb ich um Mitternacht eine Nachricht an meinen Vater.

Ich verlasse euch und will mit euch nie wieder etwas zu tun haben. Lasst mich in Ruhe!

Eine Antwort kam nicht. Wenn ein Sohn sich so radikal verabschiedet, warum sollte man ihm noch hinterherlaufen? Vielleicht dachten meine Eltern, so glaubte ich damals: Der soll sich austoben. Kommt irgendwann wieder. Erst nach meinem Unfall erfuhr ich, wie sie mich gesucht haben. Über meine wenigen Bekannten, von denen sie wussten. Dass meine Mutter, weil sie wegen meiner Flucht so verzweifelt war, ein paar Tage später in die Klinik kam. Mein Vater griff in diesen Tagen besonders oft zur Flasche. Die Abifeier, meine Flucht, der psychische Totalabsturz der Ehefrau – es war für ihn zu viel.

7

Das Leben als Obdachloser hatte ich mir aus dem gleichen Grund gewählt wie das Klettern: Ich wollte Ängste abbauen. Nachts im Freien in einer Großstadt übernachten. Ungeschützt vor streunenden Hunden oder Ratten. Aber auch bedroht von Besoffenen, krawallbereiten Jugendlichen, anderen Obdachlosen. Natürlich war das auch leichtsinnig. Überheblich. Aber der Druck im Kessel war zu groß. Ich brauchte das jetzt. Es sollte nur ein vorübergehender Zustand bleiben. Unter freiem Himmel in einer Großstadt zu übernachten, das erforderte Mut. Genau das hatten mir meine Klassenkameraden oft abgestritten, trotz meiner Trompetenauftritte, die sie gelegentlich beeindruckten. Bei einer Klassenfahrt nach Nürnberg gaben sie als Mutprobe aus, in einem Supermarkt etwas zu stehlen, was mehr als fünf Euro kostete. Ich ging zwar mit in den Markt, hatte aber Angst vor dem Stehlen. Auch wegen meines Vaters. Wenn der davon erführe, würde er durchdrehen. Eine halbe Stunde später stand ich mit leeren Händen auf dem Hauptmarkt. Zwar war ich nicht der Einzige ohne Diebesgut. Aber hinter meinem Rücken gab es ein Geraune. Immer wieder hörte ich meinen Namen. Dazu die abfälligen Blicke in meine Richtung. Aus ihrer Sicht war ich einer, der Klassenrituale unterlief. Natürlich auch ein Feigling. Ängstlich wie ein kleines Mädchen. Auch wenn mich die Mitschüler jetzt hier als Obdachlosen an der Isar nie sehen würden, wollte ich es ihnen und mir zeigen. Sollten *sie* doch mal wochenlang hier nächtigen! Gefahren ausgesetzt, die sie sich in ihren behüteten Starnberger Villen nicht mal ausmalen konnten! Was war schon ein kleiner Ladendiebstahl gegen das Leben auf der Straße!

Solche trotzigen Gedanken wechselten sich mit traurigen und verzweifelten Phasen ab. An jenem Sommerabend, an dem Frank und Sabine durch die Isarauen schlendern, hat mich die Lebenstristesse wieder einmal eingeholt. Meine unglückliche Kindheit und Jugend. Das Außenseiterdasein in der Schule. Die fehlende Liebe zu einem Mädchen. Nein, ein Abkömmling von Mutter Courage bin ich zu dieser Zeit nicht. Das mit dem Mutigsein als Obdachloser rede ich mir doch nur ein, wenn ich ehrlich bin. Ich bin eine Schippe Angst ohne Plan. Schwach, verloren, im Grunde noch ein Kind mit einer schwer verletzten Seele. Tränen laufen mir die Wangen herab, ich schluchze sogar leise, als ich da etwas abseits vom Partyvolk auf meinem Schlafsack sitze. Ich schaue mich nicht um. Rechne nicht damit, beobachtet zu werden. Genau das aber tun Frank und Sabine.

„Ist was passiert", höre ich zum ersten Mal die klare, warme Stimme Sabines. Ich sitze unter einer vereinzelt dastehenden Linde. Die Frau mit dem schulterlangen honigbraunen Haar hat sich zu mir in die Hocke und damit auf Augenhöhe begeben. Das ist für mich neu. Menschen haben mich hier an der Isar bisher immer von oben herab angesprochen. Wenn sie mir zum Beispiel etwas Gegrilltes anboten. *Sie ließen sich nicht zu mir herab.* Reichten mir das Essen herunter. Obwohl sie es gut meinten, hatte die Geste etwas Demütigendes. Bei Sabine ist das anders. Ihre Augen lächeln und drücken mich ein bisschen an ihr Herz (Ja, das können Augen!).

„Kein Problem, das nicht zu lösen ist", brummt Frank von oben. „Wollen Sie uns erzählen, was los ist? Wir hätten da auch noch zwei Bier." Er zieht zwei Flaschen aus einer Stofftasche und öffnet sie. Eine gibt er mir, die andere teilt er sich mit seiner Frau. Sie stoßen mit mir an. Sabine setzt sich zu mir auf den Schlafsack.

Ist es die zugewandte Art der beiden? Die Empathie, die ich ihren wenigen Worten entnehme? Manchmal genügt eine kleine freundliche Geste, um ein Herz ganz zu öffnen. Ich beginne jedenfalls zu reden. Mehr als eine Stunde spreche fast nur ich. Als ich fertig bin, nimmt mich Sabine stumm in den Arm. Eine Geste, die mir warme Schauer den Rücken runterströmen lässt. Wann hat mich jemand zum letzten Mal so liebevoll und zärtlich berührt? Wir tauschen unsere Telefonnummern aus. Schon am nächsten Tag, einem Sonntag, sind die beiden wieder da. Dieses Mal mit einem konkreten Angebot.

„Wir haben ein großes Haus in Harlaching", sagt Sabine. „Wenn du möchtest, kannst du ..., äh, ist das DU eigentlich okay?" Ich nicke stumm. „Ich bin Sabine. Das ist Frank."

„Philipp."

„Okay, Philipp", übernimmt jetzt Frank das Wort. „Wenn du möchtest, kannst du in unsere Einliegerwohnung einziehen. Dort ist alles eingerichtet. Sabines Großtante hat darin gelebt. Sie ist vor einigen Wochen gestorben. Wir würden dir die Wohnung noch herrichten lassen. Du kannst natürlich Wünsche äußern."

Ich fühle mich überfahren. Oder eher erstaunt. Denn das ist unglaublich, was mir diese fremden Menschen anbieten. Sind die von einer Sekte? Oder Kriminelle, die mich in ein Kellerverlies sperren und missbrauchen wollen? Was aber, wenn sie es *wirklich* gut mit mir meinen? Ich kann doch nicht nur misstrauisch sein. Träume ich? Was sind das für Menschen? Meinen die es ernst? Ich habe gelernt, vorsichtig zu sein. Irgendeinen Pferdefuß gibt es sicherlich.

„Äh, was soll denn das kosten?" Ich weiß um die Münchner Mietpreise. Dann auch noch eine eigene Wohnung. Und das in Harlaching, nicht die billigste Gegend. Vorerst würde ich mir das sicher nicht leisten können. Frank kneift die Augen zusammen, blinzelt mich an, kaut auf seiner Unterlippe.

„Es kostet dich nichts. Du könntest ab und zu den Rasen unseres Grundstücks mähen. Das ist ziemlich weitläufig."
Ich traue dem Angebot nach wie vor nicht. Schaue die beiden zweifelnd an.

„Das kommt dir spanisch vor, nicht wahr", räumt Sabine ein und stützt sich nach hinten mit ihren Armen ab. Sie hat sich wieder zu mir auf den Schlafsack gesetzt, während Frank steht. „Wir hätten gerne Kinder gehabt. Aber leider sind uns keine geschenkt worden. Wir spenden viel Geld an verschiedene Organisationen, die Kinderhäuser betreuen. Auch dir würden wir gerne helfen, nur so. Weil du dann wie die anderen auch ein bisschen unser Kind bist."

Meine Augenbrauen zucken. Ich pflücke einen Grashalm und drehte ihn um meinen Zeigefinger.

„Kann ich mir das noch überlegen?"
Die beiden lassen mir eine Tüte mit Obst und belegten Broten da. Frank steckt mir seine Visitenkarte zu. Mit dem letzten Datenvolumen, das ich noch auf meinem Handy habe, finde ich einiges über die beiden heraus. Frank ist Manager einer großen Firma für Medizingeräte, Sabine Architektin. Er ist in der ganzen Welt unterwegs. Sie hat schon mehrere renommierte Wettbewerbe gewonnen. Sie sind wohlhabend, erfolgreich, sozial eingestellt. Für mich ist es wie ein Wunder, dass sie mich angesprochen haben. Gibt es manchmal einfach nur gute Fügungen im Leben? Fügungen, die mich bisher nicht erreicht haben? Existiert so etwas wie die Straße des Glücks? Biege ich jetzt endlich auf sie ein? Trägt sie ihren Namen, weil gute Fügungen und positive Schicksalswendungen sie säumen? Andererseits binde ich mich an die beiden, wenn ich das

Angebot annehme. Bin ein Kindersatz. Die Erwartungen an mich sind deshalb hoch. Vielleicht wollen sie mich mehr vereinnahmen, als es auf den ersten Blick scheint. Gerade habe ich mich aus meiner Familie freigeschwommen. Bin aber ohne Perspektive, nicht glücklich. Jetzt schon wieder in die nächste Familie hineinbegeben? Kann man in einer Familie wirklich glücklich werden? Aber vielleicht ist es eine einmalige Chance und Gott, so es ihn gibt, oder das Schicksal (wie soll ich mir das vorstellen?) zwinkern mir aufmunternd zu. Auch diese Familie kann ich wieder verlassen, wenn es nicht passt.

Zusagen oder absagen. Ich liege in meinem Schlafsack. Sehe die wenigen Sterne, die der Großstadtsmog nicht zunebelt, im Dunkeln leuchten. Es ist warm. Mein Zelt habe ich nicht aufgebaut. Da höre ich wieder dieses Rascheln zu meinen Füßen, dort wo meine Vorräte lagern. Ratten, sie kommen fast jede Nacht. Riechen die Grillreste auf den Wiesen. Ich ekele mich vor ihnen. Träume manchmal, sie würden mich zu Dutzenden anfallen. Mit einem Stecken schlage ich nach ihnen.

Am nächsten Morgen rufe ich Frank an und nehme das Angebot an. Auf Probe, für beide Seiten. So ziehe ich in die Harlachinger Villa ein, in die seitlich angebaute Einliegerwohnung. Mit Blick in den Garten. Dieser mit einer großen Rasenfläche, Kiefernwäldchen, Naturteich, vielen Brombeerhecken am Grundstücksende und klassizistischen Statuen antiker Philosophen. Ganz anders als der Garten bei meinen Eltern.

Seitdem sind fast fünf Jahre vergangen, in denen ich die Lehre bei der Versicherung abgeschlossen und mein Studium der Literaturwissenschaften aufgenommen habe.

Zwei Jahre nach unserer Begegnung an der Isar haben mich Frank und Sabine adoptiert. Den Vorschlag dazu habe ich gemacht.

Jetzt auf der Intensivstation in Murnau, sitzt Frank an meinem Bett. Weißes Hemd, Krawatte in zartem Rosa.

„Du musst mich verstehen, Philipp. Ich reise in meinem Job viel. Mein Job, der dir immerhin auch ein gutes Leben ermöglicht. Auch beste Behandlungsmethoden. Bei der Transplantation kann auch für mich etwas schiefgehen. Oder ich habe schwere Folgeerkrankungen. Muss dann vielleicht auch drei Mal die Woche zur Dialyse. Dann ist mein Job futsch, wir können uns keine besonderen Behandlungen mehr leisten. Dass wird dann auch für dich schwierig ... verdammt, ja, vielleicht sind das auch alles Ausreden – für mich – ich hab einfach Schiss ... es tut mir leid ... ich meine, wie würdest denn du ...“

„Ich verstehe dich, Frank“, unterbreche ich ihn. Und verstehe ihn überhaupt nicht.

8

Immerhin erklärt sich Sabine zu den Voruntersuchungen für eine Nierenspende bereit. Ihr Blutdruck ist allerdings zu hoch. Auch passt die Blutgruppe nicht. Deswegen scheidet sie als Spenderin aus. Ihre Bereitschaft gibt mir ein Stück Glauben an meine Adoptiveltern zurück. Einen Glauben, den Frank mit seiner Weigerung stark beschädigt hat.

Désirée besucht mich nach einer Woche zum ersten Mal in Murnau. Sie hat, als ich mich am Samstag nach der Tour nicht gemeldet habe, die Polizei kontaktiert und von meinem Absturz erfahren. Sie rief in der Klinik an, bekam aber kaum Auskünfte, weil sie keine Verwandte war. Als ich wieder zu vollem Bewusstsein kam, bat ich Sabine, zu ihr zu fahren. Mein Handy war beim Sturz zerschellt. Ich hatte nicht mal mehr Désirées Nummer.

Desirée trifft mich in einem schlechten Zustand an. Die Nacht zuvor habe ich kaum geschlafen. Die Werte sind im Keller. Schwester Heidi hat mir ein Beruhigungsmittel gegeben. Ich bin apathisch, nehme Désirée nur kurz wahr. Sie sieht erschrocken und verängstigt aus. Na ja, ich bin ja auch bandagiert, geschient, vergipst, durch Schürfwunden entstellt und rieche wahrscheinlich auch nicht gut. Sie hält kraftlos meine Hand und weint, während ich kaum ein Wort hervorbringe.

Nach zwei Wochen verlasse ich die Intensivstation. Die zerstörte Niere hat man mir entfernt. Ich komme in die Unfallchirurgie. Frank übernimmt privat die Kosten für das Einzelzimmer, vielleicht aus schlechtem Gewissen. Ich bin froh, alleine zu sein. Mache mir Gedanken, welches Leben mir bevorsteht. Die wichtigste Frage ist die, woher ich eine Spenderniere bekomme. Ich verbitte mir den

Gedanken an meine leiblichen Eltern, an meine Schwester. Sie sind mir seit fünf Jahren so entrückt, das ist definitiv keine Option. Dass sie sich nicht bei mir melden, wundert mich nicht. Selbst wenn sie es wollten, ginge das nicht. Ich habe sie komplett von mir abgeschottet und alles unternommen, dass sie nicht mal meine Adresse bei Frank und Sabine kennen. Ab und zu spüre ich jetzt im Krankenhaus ein merkwürdiges Gefühl. So etwas wie Nostalgie, Sehnsucht an eine heile Familie. Wenn sie sich jetzt melden würden ... Wäre das eine Chance? Aber dann kommt wieder mein innerer Feldwebel. Du hörst auf, so etwas zu denken. Schließlich ist das eine der wenigen Konstanten in deinem Leben: Die Abnabelung von den Eltern, der Schwester, der schrecklichen Familie. Wer bleibt mir dann noch für eine Nierenspende?

Désirée kommt mich ein zweites Mal besuchen. Die ganze Zeit seit ihrem letzten Besuch hat sie nichts von sich hören lassen. Klar, ich habe noch kein neues Handy. Aber es gibt ein Festnetztelefon an meinem Bett. Und die Post fährt meines Wissens auch noch liebevolle Ansichtskarten aus. Aber nach Murnau in mein Zimmer etwas nett Geschriebenes zu bringen, dafür hat die Post keinen Auftrag bekommen. Klar, Désirée hat Hausarbeiten zu schreiben. Außerdem jobbt sie in einem Café. Natürlich gibt es für sie ein Leben auch ohne mich. Aber gibt es für sie noch ein Leben mit mir? Eine Woche Funkstille. Das sind sieben Tage. Einhundertundachtundsechzig Stunden. Verdammt viel Zeit, falls sie mich liebt. Noch liebt.

Ich habe lange überlegt, ob ich Désirée wegen einer Nierenspende frage. Natürlich verspüre ich Skrupel. Wir kennen uns gerade mal ein halbes Jahr. Über eine gemeinsame Zukunft haben wir nur mal ein bisschen herumgesponnen. Nach dem Bachelor vielleicht gemeinsam in Göttingen, Freiburg oder Münster studieren. Das war nichts Verbindliches, Konkretes. Ein paar Schmetterlinge im Sommerwind. Selbst wenn wir schon zwei, drei Jahre ein Paar wären, würde es auf die Frage nach einer Nierenspende kein einfaches Ja geben. Was, wenn sie Kinder bekommen wollte? Hat so eine schwierige Organentnahme negative Auswirkungen auf eine spätere Schwangerschaft? Was werden ihre Eltern sagen? Ihre Geschwister? Ich darf keine zu großen Hoffnungen in sie setzen.

Auf der anderen Seite ist in mir ein riesiges Chaos. In meinen Träumen sehe ich marmorweiße Teufel durchs Krankenzimmer fliegen. Die Angst tanzt in meinem Brustkorb ständig Rumba. Eine Niere hat man mir entfernt. Die zweite funktioniert gerade mal noch so. Ohne Garantien, dass das so bleibt. Komisch, dass ich nicht an Suizid denke. Als Jugendlicher habe ich das öfter getan. Jetzt aber meldet sich mein Überlebenswille unerwartet stark. Warum? Weil ich eine Ahnung bekommen habe, was das Leben bietet. Literatur studieren, klettern, Désirées warme Arme. Ich kenne die Straße des Glücks. Jetzt habe ich sie ungewollt verlassen. Zwar stehe ich mittlerweile auf der Liste derer, die auf eine Spenderniere von einem Toten warten. Aber das kann Jahre dauern. Bis dahin hat meine Restniere vielleicht ihren Geist aufgegeben.

Um es klar zu sagen: Auf Désirée ruhen meine letzten Hoffnungen, wenn ich jemanden benennen sollte, der mir eine Niere spendet. Ich kenne niemand anderen, der dafür infrage kommt. Ich muss sie fragen. Wieder habe ich Bammel davor, sie anzusprechen. Wie ein halbes Jahr zuvor in der Cafeteria. Ich vertraue auf meinen Überlebenswillen. Er wird mir den nötigen Mut geben.

Jetzt also ihr zweiter Besuch in Murnau. Sie sieht blass aus, als sie mein Zimmer betritt. In einem Körbchen unter ihrem Arm sehe ich einen selbstgebackenen Kuchen, eine Flasche Vitaminsaft. Ich habe das Kopfteil meines Bettes nach oben gedreht, sitze aufrecht. Sie kommt auf mich zu, umarmt mich nur flüchtig. Dann tritt sie mehrere Schritte zurück. Steht da wie Rotkäppchen auf dem Mond. Ohne Plan. Schließlich setzt sie sich an den kleinen Kunststofftisch, in Distanz zu mir. Ich kann mich ja kaum bewegen, hänge am Tropf und muss im Bett liegen bleiben. Mir fehlt der Mut, sie zu bitten, sich auf mein Bett zu setzen. Sie fragt, wie es mir geht. Ich erzähle ihr von den Schmerzen im Brustbereich, verursacht durch die gebrochenen Rippen. Auch dass der Wirbelbruch mich noch stark plagt. Sie sieht das geschiente Bein. Den reich gefüllten Tablettendispenser auf dem Nachttisch. Den Infusionsständer. Ich frage sie nach ihren Hausarbeiten. Das Gespräch stockt oft. Irgendwie finde ich einfach keine Gelegenheit, mein Anliegen vorzutragen. Ich komme mir vor wie ein Nichtschwimmer auf dem Zehn-Meter-Turm.

„Philipp, ich muss dich jetzt etwas fragen." Sie sieht mich ernst an. Die Augenbrauen hat sie etwas nach oben gezogen. „Du hast mir eine Nachricht geschickt, bevor du den Klettersteig am Tegelberg begonnen hast. Dazu ein Foto in Kletterausrüstung."

Sie macht eine kleine Pause, fummelt an ihren Fingern herum. Irgendetwas liegt in der Luft. Ich spüre einen Stich in der Brust, auf Höhe des Herzens.

„Ich habe deine Nachricht mit dem Foto erst einige Minuten später gelesen. Hast du meine Antwort darauf noch bekommen?"

Ich strenge mein Gedächtnis an. Erinnere mich an keine Lesebestätigung oder gar eine Antwort. Ich war gleich nach

Absenden losgestiegen. Das Handy hatte ich in die äußere Rucksacktasche gepackt. Deswegen ist es zerschellt.

„Nein, von einer Antwort von dir weiß ich nichts."

Désirée sitzt verkrampft auf dem Stuhl, der Oberkörper ist leicht verdreht, in der Tendenz weg von mir. Ihre Augen haben alles Forsche verloren, was sie sonst so ausmacht. Sie ist nicht in der Lage weiterzusprechen. Ein leises Schluchzen bricht jetzt aus ihr heraus. Wie gerne nähme ich sie in diesem Augenblick in den Arm.

„Ich habe die ganze Zeit geglaubt, du hättest dich wegen meiner Nachricht mit Absicht vom Berg gestürzt." Sie ist schwer zu verstehen, so viel Schluchzen. Ihre Nachricht muss eine für mich schlimme Botschaft enthalten haben. Das ist klar. Wie soll ich das Gespräch jetzt noch auf die Nierenspende lenken? Ich komme mir vor wie ein antiker Wagenlenker, der hilflos nach den Zügeln greift, um die Pferde zu steuern.

„Was stand denn drin in deiner Nachricht? Mein Handy ist ja kaputt gegangen. Und ich habe noch kein neues, um mir die Nachricht vielleicht aus der Cloud zu holen."

„Das mit deinem Handy weiß ich. Hat mir Sabine erzählt. Ich … ich habe dir damals geschrieben, dass ich an diesem Abend überraschend Besuch bekomme. Dass du nicht zu mir kommen kannst."

Sie schaut mich mit zusammengekniffenen Augen an. Tupft die Tränen in ein Papiertaschentuch.

„Und wieso sollte ich mich deshalb vom Berg stürzen?"

Désirées Andeutungen sind mir ein Rätsel. Erst als sie endlich zu erzählen beginnt, begreife ich langsam die Zusammenhänge.

„Der Besuch kam aus meiner Heimatstadt Köln. Er heißt Clemens. Wir waren zusammen in der Schule. Und, ja, wir waren auch ein Jahr zusammen. Nach dem Abi ist er nach Hannover zum Medizinstudium gezogen. Ich nach

München. Wir sind aber immer in Kontakt geblieben. Und, das habe ich dir eben in meiner letzten Nachricht vor deinem Absturz geschrieben: Wir haben auch nie so wirklich aufgehört, uns zu lieben ..."

Sie redet noch lange weiter. Ich höre zwar ihre Stimme, nehme aber ihre Worte nicht mehr wahr. Mein Blick bleibt an der gesichtslosen Uhr hängen, die an der Zimmerwand hängt und leise vor sich hin tickt. Sie besteht nur aus Zeigern und wenigen Strichen. So wie ich nur noch aus dem vegetativen Nervensystem und ein paar kaputten Knochen bestehe. Minus einer Niere. Mein Gehirn ist taub. Ich registriere kaum noch, wie sich Desirée aus dem Zimmer schleicht. Still verlässt die Karthäuserkatze mein Leben. Ich drehe mich zur Seite. Den Blick zum Fenster, wo ich am Himmel die Kondensstreifen mehrerer Flugzeuge sehe. Die Streifen werden so schnell vergehen wie die Liebe Désirées, beides wertlos, ohne Substanz.

Wer weiß, ob es diesen Clemens wirklich gibt. Vielleicht hat sie ihn im Nachhinein erfunden, um meiner Frage zuvorzukommen. Sabine hat mit ihr sicher über die Option einer Nierenspende gesprochen. Da ist es doch leichter, eine alte Liebe hervorzuzaubern. Denn was will ich gegen die Macht der Liebe sagen. Liebe, die ja für niemanden zu erzwingen ist. Wenn sie mit diesem Clemens wirklich wieder zusammen ist, erübrigt sich natürlich die Frage nach einer Organspende. Als Medizinstudent findet er schnell ein paar Komplikationen, die sie ins Feld führen kann. Aber selbst wenn das mit diesem Clemens gelogen ist, gibt es keine Chance, sie zu einer Nierenspende für mich zu bewegen. Trotz der Tränen hat sie entschieden und kalt gesprochen. Fast beleidigt. Als wäre meine Anwesenheit in ihrem Leben zu jedem Zeitpunkt eine Qual gewesen. Auch ihre Körperhaltung sagt viel. Gekrümmt. Mir halbseitig abgewandt. Distanz, die in der letzten Zeit gewachsen ist. Für mich unsichtbar wie ein wucherndes Karzinom. Nur wenige Sätze hatte sie gesprochen, und sich damit schon Galaxien von mir entfernt. Sie liebt mich nicht. So einfach ist das. Keine Umarmungen mehr, keine köchelnden Spaghetti. Und eine Niere schon gar nicht.

Frank, Sabine, Désirée. Sie waren meine drei Einsätze im Roulette des Lebens. Und jetzt? Rien ne va plus.

Absturz, Verrat, Kälte. In was für einer Welt lebe ich? Warum lebe ich überhaupt noch? Mein Herz ist ein leerer Sarg aus Stein.

Was bleibt mir noch? Lesen. Von Menschen, die unerträgliche Zeiten ausgehalten haben. Dostojewskis Roman *Der Idiot* liegt auf meinem Nachttisch. Darin verarbeitet der Schriftsteller sein eigenes Trauma. Er wird gefangen genommen, zum Tode verurteilt. *„Denen, die wissen, dass sie sterben müssen, erscheinen die letzten fünf Minuten des Lebens endlos, ein ungeheurer Reichtum",* sagt der verurteilte Delinquent im Roman und spiegelt wohl Dostojewskis eigene Gedanken wider. Und der Delinquent behauptet: „Was, wenn man dir das Leben zurückgäbe ... *Dann würde ich jede Minute in ein ganzes Jahrhundert verwandeln, ich würde nichts verlieren, ich würde jede Minute zählen, ich würde nichts verschwenden."*

Würde ich gerne auch tun. Jede Minute, die ich lebe, in ein ganzes Jahrhundert verwandeln. Wenn man mir das Leben ließe. Ein Spenderorgan sich fände. Aber woher soll das kommen? Bei Dostojewskis Delinquenten schlagen solche theoretischen Gedanken, weil er mit seiner Begnadigung nicht mehr rechnet, schließlich in Wut und heftigen Zorn um. Er wünscht sich, schneller erschossen zu werden. Das ist jetzt nach Desirées Abgang auch meine Gemütsverfassung. Auch ich möchte jetzt manchmal lieber heute als morgen tot sein.

Doch ich weiß auch: Der Delinquent bei Dostojewski wie der Dichter selbst fanden in allerletzter Sekunde Gnade. Statt der Todesstrafe bekamen sie ein milderes Urteil. Hauptsache, sie blieben am Leben.

9

Jetons beim Roulette habe ich keine mehr. Aber so etwas wie ein Ass im Ärmel beim Poker ums Leben fällt mir ein: Herr Bruckner, mein früherer Musiklehrer am Gymnasium.

Menschen zu finden, die wirklich empathisch sind und echtes Interesse am anderen zeigen, ist gar nicht so einfach. So viele von uns drehen sich immer nur um sich selbst. Leben im Alcatraz ihrer immer gleichen Gedanken und Probleme. Sie haben kein Ohr, um anderen *wirklich* zuzuhören und sich für sie zu interessieren. Ich doch auch nicht! Schreibe hier fast nur von mir, bis jetzt. Bin einer von diesen vielen Ichern, diesen Egomanen. Das Drehen um sich selbst sitzt auch bei mir fest wie ein Kieselstein in der Schuhsohle von Sam Hawkens. Aber wenigstens kann ich von jemandem berichten, der da ganz anders ist.

Herrn Bruckner begegnet zu sein, war für mich ein großes Geschenk. Er sprach mich in einer Zeit an, als ich mich immer mehr in mich selbst verkapselte. Ich war einsam, fühlte mich gemobbt und mied andere. Wie ein Reh vor lauten Ausflüglern nahm ich Reißaus, wenn irgendwo Kinder zusammenstanden. Meine Sorgen fraß ich in mich hinein. Niemand war weit und breit zu sehen, dem ich mich mit diesen Problemen anvertrauen konnte. Wer das kennt, empfindet es als Erlösung, wenn sich dann doch jemand in die Sorgen *einwohnt*.

Herr Bruckner unterrichtete Musik an unserem Gymnasium. Er hatte ein waches Auge und ein offenes Ohr für Kinder, die in ihren Klassen einsam waren und gemobbt wurden. Fast immer war es das mangelnde Selbstwertgefühl, das diese Kinder zu Außenseitern in der Klasse machte. Die Stärkeren, Selbstbewussten nutzten diese Schwäche aus, um sich über sie zu erheben und sich groß und stark zu fühlen. Dem fehlenden Glauben an die eigenen Fähigkeiten setzte Herr Bruckner die Musik entgegen. Ein Instrument erlernen, Soloauftritte im Chor, Konzerte vor der ganzen Schule - immer wieder sorgte er für Gelegenheiten, den Außenseitern in den Klassen eine Bühne zu schenken, auf denen sie ihr Können beweisen konnten. Das verschaffte Anerkennung, stärkte das Gefühl, etwas gut zu beherrschen. Sie bekamen Applaus, waren manchmal richtige kleine Stars. Wenn's gut lief, übertrug sich dieses so gewonnene Selbstwertgefühl Stück für Stück auf den ganzen Charakter und half, eine autonome Persönlichkeit zu werden.

Ein Schlüsselerlebnis für mich und sicher auch manch andere war der Dokumentarfilm *Rhythm is it!*. Wir schauten ihn uns nach einer der Chorproben kurz vor den Sommerferien an. Auf Herrn Bruckners Bitte hin war ich dem Schulchor beigetreten. Dort war ich einer der wenigen Jungen, was mir ein bisschen peinlich war. Gegenüber den Jungs in meiner Klasse punktete ich *damit* jedenfalls nicht. Da hätte ich gleich Strumpfhosen anziehen und Gummitwist springen können. Aber Herrn Bruckner einen Korb zu geben, dazu fehlte mir der Mut. Einige Mädchen schauten mich in den Proben wie Goldfische an, ohne dass ich die Blicke zu deuten vermochte. Doch zurück zu diesem Film. Er zeigt zweihundertfünfzig Jugendliche, die unter Leitung des Tanzpädagogen Royston Maldoom das Ballett *Le Sacre du printemps* von Igor Strawinsky einstudieren. Die Jugendlichen hatten jede und jeder für sich eine gebrochene Biografie. Viele besuchten sogenannte Problemschulen. Dazu kamen schwierige Elternhäuser. Gewalterfahrungen auf der Straße. Kontakte ins Drogenmilieu, bei manchen schon mit elf, zwölf, dreizehn Jahren. Unter der Musik der Berliner

Philharmoniker fanden sie nun zu sich und zur Gemeinschaft. Zu Kreativität, Disziplin (ja!) und emotionalem Ausdruck. Maldoom war ein Trüffelsucher. Er grub die verborgenen Talente dieser vernachlässigten Kinder und Jugendlichen aus. Zeigte ihnen ihre Potenziale. Es ging um das Überwinden von Ängsten, die Konfrontation mit den eigenen Grenzen und den Mut, darüber hinauszugehen. Das waren auch meine Themen. Heute weiß ich, warum Herr Bruckner so war wie er war und was ihn für sein soziales Engagement motivierte. Wer sich für Außenseiter einsetzt, bekommt viel zurück. Auch und vor allem künstlerische Qualität, weil sie von einer brüchigen Existenz herrührt. Die Musik entwickelt hier heilende Kraft. Sie stabilisiert, harmonisiert, ermutigt. Mussten nicht die bedeutendsten Musiker, Maler und Schriftsteller, weiblich wie männlich, irgendwie alle mit Brüchen in ihrem Leben zurechtkommen? Der einohrige van Gogh, der taube Beethoven, der blinde Stevie Wonder – stecken dahinter nicht tragische Biografien, aus denen bedeutende Kunstwerke entstanden?

Heute frage ich mich oft, warum ich ein Außenseiter in der Schule, in der Klasse war. Ich mochte keine Lehrerverarsche, keine blöden Jungenstreiche. Das mag an meinem strengen Vater gelegen haben. Er hatte mir einen generellen Respekt vor Autoritäten eingeimpft. Wie selbstverständlich habe ich das auf meine Lehrerinnen und Lehrer übertragen. Mich deshalb nicht an Aktionen gegen diese beteiligt. Trotzdem habe ich versucht, mich an die beliebten und großtönenden Jungs dranzuhängen. In der Hoffnung, ein wenig von ihrem Lametta schwebe auf mich herab. Denn sie waren die Könige des Schulhofs. Mit vierzehn trank ich heimlich Dosenbier mit ihnen. Rauchte demonstrativ ab und zu eine Zigarette, obwohl ich fast gekotzt hätte. Auf dem Schulhof stellte ich mich demonstrativ zu diesen Gruppen dazu, wollte irgendwie dazugehören, auch wenn ich so gut wie immer stumm war. Denn über die neuesten Videofilme zum Beispiel konnte ich nicht mitreden. Bei uns zuhause ertrug meine Mutter keinen Lärm. Dieses Geballere, Gebrülle, Gegackere in Actionfilmen, Serien und Soaps, ein absolutes No-Go. Für meinen Vater kam der Besuch einer Videothek und das Ausleihen eines Films nicht infrage. Alles, was junge Menschen gerne machten, sah er als *dekadent* an. Wenn bei uns zuhause einmal der Fernseher lief, dann nur für Nachrichtensendungen und Talkshows mit politischen Themen. Meistens tönte Musik durchs Haus – er hörte die Oper *Mathis der Maler* von Paul Hindemith. Die Musik machte mich nervös. Meine Mutter hielt diese schrillen Töne ebenfalls nicht aus. Nach den ersten Akkorden schloss sie die Tür zum Schlafzimmer und zog sich die Decke über den Kopf. Auf dem Schulhof jedenfalls war ich mit Mathis der Maler und politischen Themen außen vor. Trotzdem tolerierte man mich, jagte mich jedenfalls nicht davon. Denn die Wortführer brauchen auch eine weitgehend stumme Masse, die bei ihren schwachen Sprüchen trotzdem ergeben mitlacht.

ICH WOLLTE IRGENDWIE DAZUGEHÖREN.

Wie wird man zum Außenseiter in der Klasse, der Schule? Gewitterblitze treffen Menschen willkürlich. Für die Blitze verantwortliche Götter, die Cocktails trinken und sich einen auskaspern, auf den sie gerne ihre Ladung abfeuern, gibt es jedenfalls nicht. So ist das auch bei Außenseitern in der Schule, glaube ich. Wenn man ein solcher wird, hat man einfach Pech gehabt. Weil man den Zeitpunkt verpasst hat, sich durch Flucht oder Anpassung dem Stigma zu entziehen.

Ich war elf Jahre alt, als mich einige Schüler aus höheren Klassen auf der Schultoilette einschlossen. Einen Besen, der zufällig herumstand, verkanteten sie unter der Klinke der Toilettentür. Ich schlug von innen gegen die Tür, schrie um Hilfe. Von draußen hörte ich das Feixen und Abfeiern meiner Peiniger. Sie hatten den Stimmbruch hinter sich und röhrten vor Vergnügen wie brunftige Hirsche. Auch die hellen Stimmen von Schülern aus meiner Klasse nahm ich wahr. Ich stellte mir ihre bewundernden Blicke für die Großen vor, die sich solche Scherze mit einem Schwächling wie mir trauten. Die Glocke tönte. Alle stoben auseinander in die Klassenzimmer. Und ich, ich war alleine mit meinem Problem. Tränen liefen mir übers Gesicht. Ich würde eine Standpauke bekommen, weil ich zu spät in den Matheunterricht kam. Mit Dr. Schade hatten wir einen sehr strengen Lehrer. Der Hausmeister erlöste mich schließlich aus der misslichen Lage. Für meine Verspätung tadelte mich Dr. Schade dann, wie befürchtet, stark. Beim nächsten Vorkommnis müsse ich mit einem Eintrag ins Klassenbuch rechnen, sagte er mit überschlagender Stimme. Mehrere Mitschüler sah ich mit einem unverhohlenen Grinsen auf ihren Stühlen sitzen. Wunden entstanden in meinem Herzen, meiner Seele, meinem Selbst. Viele gegen Einen. Eine archaische Konstellation. Ich war ihr wehrlos ausgeliefert, weil der einzige, der mir ein wenig vertraut war, mir nicht beistand. Er hieß Konrad. Zu ihm komme ich noch.

Damals jedenfalls beobachtete ich in der Hofpause, wie sich der Hausmeister und mein Musiklehrer unterhielten. Nach der letzten Unterrichtsstunde stand Herr Bruckner plötzlich vor mir. Er trug wie immer einen bunten Schal mit Schottenmuster um den Hals und sah mich freundlich an.

„Philipp, ich freue mich sehr, dass du im Schulchor mitsingst. Du bist musikalisch. Ich plane, ein Schulorchester aufzubauen. Dazu brauche ich noch Schüler, die ein Instrument lernen. Da bist du mir eingefallen."

Ich habe bei seiner Anfrage geschluckt, leichte Panik ergriff mich. Ein Instrument lernen, daran hatte ich noch keine Minute gedacht. Als erstes kam mir die Sorge, wie ich denn zuhause üben solle. Meine Mutter in ihrer Dunkelkammer. Sie war extrem lärmempfindlich. Gegen Mathis, der Maler, konnte ich auch nicht anspielen. Was würde überhaupt mein Vater sagen? Ein Instrument, das kostete Geld. Aus seiner Sicht war das in meinem Falle aus dem Fenster hinausgeworfen. Vermutete ich. Der Ablehnmodus, den er mir gegenüber so oft zeigte. Als könne er Gedanken lesen, verwies Herr Bruckner auf die Möglichkeit, am Nachmittag in Räumen der Schule zu üben.

„Das Instrument zahlt der Förderverein. Es wird dir leihweise gegeben. Den Unterricht übernehme ich. Er kostet dich nichts."

Mit einem Wisch waren alle meine Sorgen zerstreut. Ich begann, Freude an dem Gedanken zu finden, ein Instrument zu erlernen. Aber über den Bedenken hatte ich die wichtigste und nächstliegende Frage vergessen.

„Welches Instrument soll ich denn lernen?"

„Ja, Philipp, für dich habe ich ..." Herrn Bruckner machte es Spaß, mich zappeln zu lassen. „Die Klarinette ... NICHT ... vorgesehen ... Die Querflöte ..."

Oh, dachte ich, das ist das einzige Instrument, das ich nicht lernen möchte. Ist doch eher etwas für Mädchen mit Strumpfhosen.

„... NICHT ... sondern ..."

Jetzt war ich aber wirklich gespannt.

„… die Trompete vorgesehen."

Trompete, wie erhaben, wie heilig das klingt, schoss es mir durch den Kopf. Ich erinnerte mich an eine Christvesper. Da spielte ein Trompeter solo von der Empore der Kirche. Wir waren als Familie zu viert an Heiligabend hingegangen. Vor Jahren. Ich war noch nicht in der Schule. Was für ein Zauber lag für mich seit damals auf diesem Instrument!

Was soll ich sagen? Eine Woche später hielt ich zum ersten Mal eine Trompete in der Hand. Mit ihr hat sich mein Leben verändert. Herr Bruckner gab mir jede Woche zwei Stunden Unterricht. Am Rande des Unterrichts unterhielten wir uns oft über meine Probleme zuhause. Wobei, unterhalten ist nicht ganz das richtige Wort. Er stellte behutsam Fragen, ließ mich meine Erlebnisse reflektieren, indem er sie mich erzählen ließ. Von sich selbst berichtete er so gut wie gar nichts. War nur mir zugewandt. Bis dahin hatten mich meine Ängste wie eine Zwangsjacke umschlossen und gelähmt. Herr Bruckner löste Schritt für Schritt die Gurte der Jacke. Jedenfalls soweit das bei mir möglich war. Damals habe ich das noch nicht durchschaut. Aber nach den Gesprächen mit ihm fühlte ich mich meist getröstet.

Mit dem Schulorchester bot Herr Bruckner mir und auch anderen einen angstfreien Raum. Schon bald bemerkte ich, was für Schüler sonst noch im Orchester waren. Nämlich viele, die in anderen Klassen Außenseiter waren. Ein Klangkörper der Underdogs. Einmal im Jahr fuhren wir auf eine Probenfreizeit in ein Ferienheim. Wir übten unsere Stücke. Spielten in den Probenpausen Fußball und saßen abends am Lagerfeuer zusammen. Dort hielten wir Wiener Würstchen auf Weidenstöcken in die Flammen und verschlangen sie mit Unmengen an Ketchup. Im Unterschied zu den Klassenfahrten fühlte ich mich hier aufgehoben, geborgen. Kein ständiges Aufderhutsein vor Demütigungen durch die Klassenanführer. Keine Cliquenbildung, bei denen ich außen vor blieb.

Für Freundschaften im Orchester hat es allerdings nicht gereicht. Das hat sicher auch an mir gelegen. Ich war zu unsicher, zu verlegen. Für andere war ich vielleicht ein komischer Heini. Ein Sonderling wie sie auch. Wenn zwei Sonderlinge zusammentreffen, bleiben sie immer noch Sonderlinge. Und finden nicht unbedingt in einer tiefen Freundschaft zusammen. Klingt jetzt, als ob ich mich entschuldige, dass es auch dort nicht für eine Freundschaft gereicht hat. Hm, aber wir hatten ja außerhalb der Probenfreizeit nur zwei Stunden die Woche Probe zusammen. Und wenige Auftritte. Ach, egal.

Im Laufe der Jahre brachte mir Herr Bruckner neben den Orchesterstimmen auch Solostücke bei. Die spielte ich außer bei Schulfeiern zusätzlich bei der Einweihung von Möbelmärkten oder Autohäusern. Vermittelte alles er. Ich verdiente mir damit ein kleines Taschengeld. Anfangs fand ich das gar nicht gut, weigerte mich. Ich war zu nervös, zu schüchtern. Aber auch hier war Herr Bruckner kreativ. Er bot mir an, die ersten Auftritte gemeinsam zu bestreiten. So spielten wir einige Male alle Stücke gemeinsam. Dann zwinkerte er mir einmal überraschend zu und behauptete, er habe Halsschmerzen. Ob ich nicht *ein* Stück alleine spielen könne. Das tat ich. Der Damm war gebrochen. Ab diesem Erlebnis reiste ich alleine zu den Terminen und spielte Trompete solo. Die Auftritte halfen mir sehr, meine Nervosität abzubauen. Wenn ich zum Beispiel Referate vor der Klasse zu halten hatte, befiel mich diese Nervosität wie ein allergischer Schock. Ich stotterte und stammelte, wenn mir die Stimme nicht ganz versagte. Dahinter steckte eine grundsätzliche Lebensangst. Das Gefühl, zu scheitern, zum Gespött der anderen zu werden. Bei Referaten rief ich mir jetzt kurz davor meine letzten Solo-Auftritte mit der Trompete in Erinnerung. Sie waren mir ein Geländer, an dem ich mich festhielt. Denk an das Vorspiel bei *Auto Fischer*! Den großen Applaus und die anerkennenden Worte der Bürgermeisterin! Du hast diesen Auftritt mit Bravour überstanden! Dann schaffst du jetzt auch dieses Referat über den Zitronensäurezyklus! So sprach ich zu mir selbst. Selbsthypnose war das, sie funktionierte meist. Meine Mitschüler hänselten mich mit der Zeit weniger. Das führte ich auch auf meine Auftritte mit der Trompete, meine gestiegene Souveränität zurück. Aber es gab auch Rückfälle. Schnell war ich wieder in der Rolle des Außenseiters. Verachtung, höhnisches Gelächter. Die Klassenfahrt nach Nürnberg zum Beispiel, mein Versagen beim Ladendiebstahl. Wer einmal Außenseiter war, bekommt das Stigma nie mehr ganz los.

Wenn ich heute an diese Zeit zurückdenke, staune ich. Von heute auf morgen hatte jemand einen Hebel in meinem tiefsten Inneren umgestellt. Dieser Jemand war Herr Bruckner. Er ist der Royston Maldoom unserer Schule! Mit einem Gespür und einem weiten Herzen für die Außenseiter in der Klasse. Vor allem *ein* Gespräch mit ihm war es, das mich bis heute prägt.

10

Das Gespräch mit Herrn Bruckner hat mir die Liebe zur Poesie, zu Gedichten geschenkt. Auch dass ich mich für ein Studium der Literaturwissenschaften entschied, hängt damit zusammen. Ich glaube seit dem Gespräch an die verändernde Kraft von Poesie. Sie kann einzelne Menschen und ganze Völker zum Nachdenken bringen. Sie kann politisch wirken und Regierungen in ihrem Kurs umkehren lassen.

Es war an einem frostigen Tag im Dezember. Durch die hohen Fenster des Musikraums sah ich Schneeflocken einen wilden Tanz über dem Schulhof vollführen. Ich war vielleicht vierzehn Jahre alt. Aus meiner Tasche kramte ich die Noten für den Unterricht hervor und packte die Trompete aus. Herr Bruckner nahm seine Trompete ebenfalls zur Hand.

„Ich spiel dir jetzt etwas vor. Lies du mal den Text dazu."
Er drückte mir einen Zettel in die Hand. Dann spielte er *Der Mond ist aufgegangen,* mit dem Text von Matthias Claudius und der Melodie von Johann Abraham Peter Schulz. Eine einfache Melodie. Ich dachte, er würde mich jetzt bitten, das Lied nach Gehör nachzuspielen. Das tat er manchmal. Doch er legte die Trompete zur Seite und sah mich unter seinen buschig-grauen Augenbrauen mit ernstem Blick an. Herr Bruckner hatte noch einige Jahre bis zum Ruhestand. Aber in solchen Momenten wirkte er mit seiner sonoren Brummbärstimme, dem grauen, ins Silberne übergehenden Haar und dem Blick voller Güte und Weisheit auf mich wie ein uralter weiser und gütiger Meister. Einer, der milde auf die Welt mit all ihren Verwerfungen herabsieht. Er war der *Alleswirdgut.* Ihn so

zu sehen, hieß auch, ihn zu verklären. Das habe ich damals getan, weil er mir so viel Halt gab.

„Der Text des Liedes ist rund zweihundertfünfzig Jahre alt", sagte er. Mir lief ein Kribbeln über den Rücken, ein wohliger Schauer. Das lag am Alter des Liedes. Auch an der vertrauten Stimmung. Herr Bruckner und ich zu zweit ohne Ablenkung im vertrauten Gespräch miteinander.

„Der Text enthält viel Wahres. So sehe ich das auch in deinem Leben bestätigt. Du erzählst mir manchmal, dass deine Eltern sich wenig für dich interessieren. Dass sie dir nichts zutrauen. Auch dass deine Mitschüler dich manchmal verspotten. Ich habe das Gefühl, dass du dir deswegen auch selbst nichts zutraust. Stimmt das?"

Er hatte die Augen weit geöffnet, auf der Stirn bildeten sich tiefe Rillen. Seine Augenbrauen berührten sich jetzt fast. Er erinnerte mich optisch gerade an Albert Schweitzer. Von ihm hingen zwei Fotos an der Wand des Musikzimmers. Ein Porträtbild, und eins, wo er an seiner Orgel im Urwald spielt. Verstohlen schaute ich an Herrn Bruckner vorbei zu den Fotos.

„Stimmt das, Philipp? Traust du dir selbst nichts oder wenig zu?"

Ich nickte scheu und unsicher.

„Ich weiß aber", fuhr Herr Bruckner fort, „dass du ganz viele Gaben hast. Dass du sehr viel kannst. Zum Beispiel Trompete spielen. Aber diese Seite von dir, deine Begabungen, deine Talente in vielem, deinen Mut, das alles sehen deine Eltern, deine Mitschüler oft nicht. Auch du selbst nicht. Jetzt lies mal bitte den Text der dritten Strophe vor. Von dem Lied, das ich dir eben vorgespielt habe."

Ich schaute auf den Zettel, las:

Seht ihr den Mond dort stehen?
Er ist nur halb zu sehen,
Und ist doch rund und schön.
So sind wohl manche Sachen,
Die wir getrost belachen,
Weil unsre Augen sie nicht sehn.

„Kannst du damit etwas anfangen?" Er schaute mich erwartungsvoll an. Ich aber schüttelte den Kopf.

„Macht nichts. Ich interpretiere das so. Es gibt Zeiten im Leben, da sehen wir nur, dass wir etwas nicht hinbekommen. Wir sind unglücklich, scheitern, schämen uns. Die Menschen um uns herum verspotten uns. Weil wir so unvollkommen sind. Wir sagen uns das dann selbst immer und immer wieder: Ich kann diese Sache nicht, ich kann jene nicht. Darüber werden wir verbittert. Was wir brauchen, ist der Blick für die andere Seite, die in solchen Phasen verdunkelt ist. Den Blick auf das, was wir können. Das Vertrauen in unsere Begabungen. Auch in Bezug auf andere Menschen gilt das. Was wir von ihnen sehen, ist immer nur ein Teil dessen, was sie ausmacht. Deine Mutter hast du nicht erlebt, wie sie sich früher in ihrem Beruf mit Kolleginnen unterhalten hat. Deinen Vater kennst du nicht, wenn er sich mit anderen Kunsthändlern trifft. Deine oft großtönenden Mitschüler siehst du nicht, wenn sie von ihren größeren Geschwistern untergebuttert werden. Und so weiter. Was ich damit sagen will: Jeder Mensch hat dunkle und helle Seiten. Wir erleben aber oft nur eine Seite und denken uns: So ist dieser Mensch, und nicht anders. Ist es die dunkle Seite, die wir an anderen erleben, sagen wir uns: Das ist ein schlechter, ein unmöglicher Mensch. Zeigen sie uns ihre Schokoladenseite, meinen wir: Das sind herzensgute Menschen. Machen wir uns doch bewusst, dass jede und jeder von uns beide Seiten, das Gute und das Böse, in sich trägt. Je nach Situation und Umfeld zeigt er uns mal mehr diese, mal mehr jene Seite. Es gibt nicht *die* Bösen und *die* Guten. Die Menschen sind nicht *nur* Engel oder *nur* Teufel. Wir haben immer beides in uns. Nur dass manche dem Teufel in bestimmten Situationen die Vollherrschaft über sich lassen."

Irgendwo knarrte ein Balken, tobende Schüler waren durch die Tür des Musikzimmers zu hören. Aber Herr Bruckner ließ sich davon nicht irritieren.

„Eine solche Sichtweise hilft uns, mit Menschen umzugehen, die uns nicht wohlgesonnen sind. Indem wir die dunklen Seiten von ihnen akzeptieren und gleichzeitig an die guten anderen Seiten glauben."

Die Trompete in meiner Hand war schon ganz warm, so sehr drückte ich sie.

„Kommen wir wieder auf dich zu sprechen. Du sagst mir offen, dass du dich oft fürchtest. Angst hast, etwas falsch zu machen. Diese Angst ist Teil deiner Persönlichkeit. Aber eben nur ein Teil. Du hast auch die andere Seite, die mutige. Nur dass du sie nicht so entfaltet hast bisher. Das wird dir besser gelingen, wenn du weißt, dass diese mutige Seite da in dir drin schlummert." Er tippte mit dem rechten Zeigefinger auf seinen Brustkorb. „Was du brauchst, ist eine Wünschelrute."

„Eine Wünschelrute?" Nicht alles, was er sagte, verstand ich. Aber ich spürte, in welche Richtung seine Worte gingen.

„Ja, eine Wünschelrute. Schau mal hier."

Er kramte aus seinem Handkalender einen Zettel hervor und bat mich vorzulesen, was darauf stand.

„Die Wünschelrute ist eine *gerte, durch deren besitz man alles irdischen heils theilhaftig wird*", sprach ich langsam.

„So hat Jacob Grimm die Wünschelrute umschrieben. Sie ist also mehr als nur ein Instrument, um verborgene Wasserquellen ausfindig zu machen. Hättest du eine Wünschelrute, würde sie dir zeigen, wo deine Mutquellen sind. Denn dass du die hast, steht außer Frage."

Mir schwirrten die Gedanken wild im Kopf herum. Wie die Schneeflocken draußen über dem Schulhof.

„Vielleicht ist die Trompete so eine Wünschelrute, Herr Bruckner?"

„Ich hoffe, es kommt so." Er lächelte. Ihm gefiel, was ich sagte. Er ahnte nicht, wie wenig ich ihn verstand.

„Alles, was ich dir gerade gesagt habe, führe ich auf die Worte des Dichters Matthias Claudius zurück. Nur die Wünschelrute hat er nicht in seiner Bildsprache gehabt. Dafür aber die Verse über den Mond. Zu seiner Zeit haben die Menschen geglaubt, bei Halbmond sei tatsächlich nur ein halber Mond am Himmel. Jeden Tag geht ein anderer Mond auf. Am Schluss auch ein ganzer Mond. In Wirklichkeit ist es immer derselbe Mond. Aber die Sonne bescheint nur einen Teil, manchmal eben die Hälfte. Dieser eine Mond ist immer rund und schön. Nur sehen wir das Runde nicht immer ganz. Im Sinne von Matthias Claudius können wir das auf uns Menschen übertragen. Wir belachen manchmal Dinge, weil wir glauben, sie seien unvollkommen. Auch mit Menschen tun wir das. Du erlebst es, wenn dich deine Mitschüler verspotten. Sie sehen nicht und wollen vielleicht auch nicht sehen, dass du manchmal nur etwas schüchtern und still bist. Sie sehen nicht deine Talente. Deine nachdenkliche und für dein Alter tiefgründige Art. Sie brauchen ein Opfer. Am besten eins, das sich nicht wehrt. Oder eins, das, wenn es sich wehrt, dann chancenlos ist. So wie sie dich auf die Toilette eingesperrt haben. Der Hausmeister hat es mir erzählt. Das war an dem Tag, als ich dich gefragt habe, ob du nicht Trompete lernen willst."

Ich erinnerte mich. Herr Bruckner rettete mir mit seiner Anfrage damals mehr als nur den Tag. Ich war so verzweifelt wegen der Toilettengeschichte. Dann die Aussicht auf den Trompetenunterricht. Wie heilsam empfand ich das!

„Damals waren deine Mitschüler viele", fuhr er fort. „Du alleine und wehrlos. Das war feige von ihnen. Sie wollten untereinander als Gemeinschaft stark sein. Dazu brauchten sie jemanden wie dich, um sich zu solidarisieren. Ich bin mir sicher, das wird nachlassen. Das hat nachgelassen, wenn ich das richtig mitbekomme, seitdem sie wissen, dass du ein guter Trompeter bist. Einer, der mutig auftritt und dafür bewundert wird. Du hast, wie wir alle, beide Seiten, die ängstliche und die mutige, in dir wohnen. Nur dass du die zweite noch mehr entwickeln musst." Er hielt die Trompete hoch. „Hier, mit der Wünschelrute. Dann merkst du selbst, aber auch die anderen: Dein Leben ist rund und schön."

Ich schaute ihm in die Augen, in denen ich kurz meine Trompete sich silbern spiegeln sah.

„Kann man sagen, Herr Bruckner, der Mond macht keine halben Sachen?"

„Das kann man." Wieder lächelte er. Jetzt wusste er, dass ich ihn und Matthias Claudius und den Mond und die Wünschelrute und das mit den Mutquellen ein bisschen verstanden hatte. Jedenfalls im entscheidenden Punkt.

Meine letzte Trompetenstunde hatte ich bei Herrn Bruckner kurz vor den Abiturprüfungen. Wir inszenierten die Stunde als Abschied. Spielten noch einmal einige unserer Lieblingslieder. Danach lud er mich in eine der Sitzgruppen im Foyer der Schule ein. Wir holten uns einen wenig bekömmlichen Kaffee aus dem Automaten und tranken ihn aus dünnen Plastikbechern. Fünftklässler sprangen aufgeregt umher und zogen sich an den Ranzen zu Boden. Wir blickten auf die gemeinsamen Jahre zurück und vergaßen, was um uns herum geschah. Ich bedankte mich für all die Unterrichte, die Gespräche, das Vertrauen. Er beschrieb mir, wie er mich als einen schüchternen und verängstigten Jungen kennengelernt hatte.

„Du hast dich entwickelt, was die Kontrolle über die Ängste betrifft. So ist jedenfalls mein Eindruck, Philipp. Dir ist sicher klar, dass wir nie ohne Ängste leben werden. Niemand. Auch nicht James Bond und Batman. Alles hat eine Funktion, auch unsere Ängste."

Ich fühlte bei dem Gespräch, wie nahe mir Herr Bruckner stand. So gab ich mir einen Ruck und erzählte ihm von meinen Plänen, meine Familie zu verlassen. Dass ich bald als Obdachloser leben wollte. Eine befristete Zeit. Als Mutprobe. Um noch selbstbewusster zu werden. Ich erzählte Herrn Bruckner ein weiteres Mal und jetzt umfänglich von meinem Vater, dem *Gereizten*. Wie er mich demütigte und degradierte. Von meiner Mutter, die ich nur noch als vor sich hin Dämmernde, als die *Abwesende* erlebte. Dass ich mich ihnen mit der Flucht entziehen wollte. Auch die Distanz zu meiner Schwester beschrieb ich ihm. Dass ich *endlich leben* wollte. All das brach aus mir hervor. Befreiend, erlösend. Überschäumend wie Sekt aus einer durchgeschüttelten Flasche. Nur die Angst, nie eine Freundin zu finden, sprach ich nicht an. Das war mir selbst diesem vertrauten Lehrer gegenüber zu schambehaftet. Herr Bruckner sagte kein einziges verurteilendes Wort zu meinen Fluchtplänen. Er mahnte mich sanft, den Draht zu meinen Eltern nicht komplett zu durchtrennen. Auch meine Schwester könne noch eine wichtige Lebensbegleiterin für mich werden. Menschen änderten sich.

„Irgendwann siehst du auch die andere Seite. Die helle. Du erinnerst dich an das Mondlied?"

Ich nickte, merkte aber, dass mich die Worte von Herrn Bruckner in diesem Augenblick nicht erreichten. Ich brauchte die Flucht, den Abschied, den Neuanfang.

„Melde dich, wenn etwas schiefläuft. Versprichst du mir das?"

„Versprochen, Herr Bruckner!"

Ich schaute ihm kurz in die Augen, wich dem Blick dann aber aus.

„Als Obdachloser zu leben, das ist eine Herausforderung", hörte ich ihn nach einiger Zeit des Schweigens wieder sprechen. „Ich traue dir zu, dass du das durchhältst. Aber vielleicht suchst du dir noch andere Gelegenheiten, bei denen du gezwungen bist, der Angst direkt ins Auge zu schauen? Andere Mutproben? Ich meine, wenn du weiter so viele Ängste hast. Wie wäre es mit Bungeejumping, Fallschirmspringen, Klettern?"

Ich entschied mich fürs Klettern.

11

Die Angst frisst mir die Seele auf. Ich fürchte um mein Leben. Zwanzig Prozent meiner verbliebenen Niere funktionieren noch. Mein Leben hängt in den Seilen wie ein Boxer nach einem schweren Aufwärtshaken. Kommt bald der Knockout?

Mit Herrn Bruckner ein vertrauliches, oder genauer: ein *vertrautes* Gespräch führen. Das könnte mir helfen. Vor fünf Jahren habe ich die Schule abgeschlossen. Aber er wird mich noch kennen. Mit mir einen Termin machen. Hoffe ich jedenfalls. Melde dich, wenn etwas schiefläuft, hat er damals gesagt. Sogar versprechen musste ich ihm das. Sagte er das im Ernst oder war es nur eine wohlgemeinte Floskel? Ich hatte ihn zu meinem Mitwisser gemacht. Er empfand sich als Lehrer verantwortlich für einen Schüler, der sich von zuhause wegstahl. Auch wenn der Schüler volljährig geworden war, beendete ein Herr Brunner nicht schlagartig sein fürsorgliches Denken. Achtzehn ist nur eine Zahl, man wird dann nicht mit dem Geburtstag erwachsen, reif, problemerhaben. Herr Brunner meinte den Satz so, wie er ihn gesagt hat, da bin ich mir sicher. Melde dich, wenn etwas schiefläuft. Demnach könnte ich ihn also kontaktieren. Auf der anderen Seite habe ich Bedenken: Darf ich ihn jetzt noch einfach so mit seiner Empathie anzapfen, ihn für mich beanspruchen? Auf der Schüler-Lehrer-Ebene war das okay. Aber jetzt, fünf Jahre später? Vielleicht hat er Familie. Ist in der Freizeit Vorsitzender eines Bowlingclubs. Verreist viel. Ist total ausgelastet. Oder er trennt streng zwischen Schule und privat. Da bin ich dann eher Schule für ihn. Immer mehr Zweifel kommen mir. Mann, du hast ihm in all den Jahren kaum Fragen gestellt, du weißt fast nichts von ihm. Wo wendet *er* sich hin, wenn er in ein psychisches Loch fällt? Nach seiner Theorie beziehungsweise der von Matthias Claudius, dem Monddichter, hat jeder Mensch diese Löcher, diese schweren Zeiten im Leben. Es gibt keine bloßen Glückspilze und keine reinen Pechvögel. Es gibt nicht *die* Bösen und *die* Guten. Die Menschen sind nicht *nur* Engel oder *nur* Teufel. Anteile von *beiden* machen unsere Persönlichkeit aus. Herrn Bruckner kenne ich nur als wohlwollenden und zuhörenden Lehrer. Wo aber ist *sein* Ventil, wo lebt er das Dunkle in seiner Persönlichkeit aus? Vielleicht angelt er aus Spaß und wirft die durch den Angelhaken schwer verwundeten Fische wieder ins Wasser. Weil er gar keinen Fisch isst. Oder er hat eine Frau, streitet mit ihr wie ein Kesselflicker und geht regelmäßig ins Bordell. Ich weiß es nicht! Habe mich ja viel zu wenig für ihn interessiert. Mich immer nur seiner Empathie bedient. Aber ich war ein Kind, dann in der Pubertät, sage ich zu meiner Entschuldigung. Da dreht man sich nun mal viel um sich selbst. In meiner jetzigen verzweifelten Lage könnte er mir jedenfalls ein wichtiger Berater sein. Wenn ich es genau betrachte, ist er sogar meine letzte Hoffnung, wenn es um Trost und Zuversicht geht. Meine Not ist so groß, dass ich meine Zweifel wegwische und ihn in der Schule anrufe. Ich habe Glück, ihn noch zu erwischen. Er geht in diesen Tagen in den Ruhestand.

Mit der Tram kommt er nach Harlaching zum Anwesen meiner Adoptiveltern. Es ist August geworden, ganz Bayern ist in den Ruhemodus übergegangen. Ferien. Leuchtender Watzmann, springende Forellen im Starnberger See, Radfahren zur Isarquelle. Die Welt der Gesunden, die beim Rewe das Obst der Saison kaufen, auf dem Balkon der Stadtwohnung schon am frühen Abend

Campari-Orange trinken und von einem alten Bauernhaus im Voralpenland träumen. Das alles geht an mir vorüber. Wenn man schwer krank ist, sind alle Tage gleich. Man lebt in der Welt der Krankheit, unterliegt deren strengen Gesetzen von geregeltem Schlaf und durchgeplanten Diäten. Die Krankheit nimmt auch das Denken in Geiselhaft. Sie besetzt jede Zelle des Gehirns, giert nach der absoluten Alleinherrschaft im Reich der Gedanken. Das einzige, was die Krankheit gemeiner Weise zulässt, ist: Sehnsucht! Campari-Orange auf dem Balkon und unbeschwertes Träumen. Die Welt der Gesunden. Ein anderer Planet. Und es gibt kein Raumschiff, um dorthin zu gelangen.

Seit einigen Tagen wohne ich wieder in meiner Wohnung bei Frank und Sabine. Man hat mich aus dem Krankenhaus vorerst entlassen. Ich habe drei Mal die Woche Dialyse und viele weitere medizinische Termine. Orthopädie, Innere Medizin, Physiotherapie. Ich bin hauptberuflicher Kranker. An der Uni ist vorlesungsfreie Zeit. Das schiebt die Entscheidung hinaus, ob ich weiterstudiere. Ob ich es kann. Ob ich es will. Meine Mitstudierenden pflücken jetzt in Neuseeland Erdbeeren, schreiben Hausarbeiten oder chillen auf kroatischen Campingplätzen. Ich dagegen gewöhne mich nicht an den mühseligen Krankenalltag. Ich habe Alpträume, sehe darin krebsartige Tiere mit glühendroten Augen, die sich mit ihren scharfen Scheren durch meine Bauchdecke fressen und die Restniere vertilgen. Auch Ängste, die mich von Kindheit an geplagt haben, sind wieder präsent. Sie sind sogar noch stärker. Ich habe Angst vor dem Alleinsein, vor Einsamkeit. Ich scheue mich vor Entscheidungen, weil ich fürchte, einen großen Fehler zu machen. Zum Beispiel die Frage, ob ich auf meine alte Familie wegen einer Nierenspende vielleicht doch noch einmal zugehen soll. Im Krankenhaus hat man mir gesagt, Verwandte ersten Grades hätten oft gute medizinische Voraussetzungen für die Lebendspende einer Niere. Allein der Gedanke daran treibt mich in den Wahnsinn. Aber die Alternative ist der jetzige Zustand: Auf Dauer mit Dialyse und der Angst vor dem Versagen der Restniere leben.

Die Angst vor Entscheidungen hat noch eine Zwillingsschwester: Die Angst vor dem Versagen. Habe ich mich einmal für etwas entschieden, bimmeln ständig die Alarmglocken: Du wirst damit scheitern. Du wirst dich dumm anstellen. Du wirst zum Gespött der Leute. Solch tiefsitzender Pessimismus macht mich unsicher. Auch bei meiner größten Entscheidung war und ist das so. Die Flucht aus der Familie. Schon nach wenigen Wochen meldete sich das schlechte Gewissen. Man tut das ja mal nicht eben so, wie wenn man sich ein paar neue Kopfhörer kauft. Die ersten Tage in Harlaching in dieser schicken Einliegerwohnung, das war so was von befremdlich. Was, wenn ich mich mit Sabine und Frank überwerfe und wieder raus muss? Diese Gedanken kamen, ohne dass meine Adoptiveltern einen Anlass boten. Komisch, aber ich sehnte mich damals nach meinem Jugendzimmer in Starnberg zurück. So oft ich dort in die Kissen geheult hatte, es war mein Zimmer. Mit Postern von Kanye West und Unheilig, auf einer Korktafel gepinnten Eintrittskarten in der Allianzarena und dem verknautschten Sitzsack aus blauem Leder. Zuhause bei meiner Ursprungsfamilie hatte ich solches Fernweh. Und als ich endlich weg war, übermannte mich, du glaubst es kaum, Heimweh. Von Jean-Paul Sartre habe ich mal den Satz gelesen: *Venedig ist immer anderswo.* Mann, Mann, Mann, ist das alles kompliziert und widersprüchlich!

Jetzt kommt auch noch die Angst vor dem Sterben, dem Tod dazu. Zwanzig Prozent von nur noch einer Niere. Bald vielleicht schon Leben komplett mit Dialyse und verkürzter Lebenserwartung. Da kann es schnell gehen. Plötzlich sehe ich die Geier über mir kreisen.

Ich erzähle das Herrn Bruckner, während ich mit meiner Gehhilfe in die Küche humpele. Die Gehhilfe brauche ich noch, weil der Beinbruch komplizierter war, als es zunächst aussah. Auch muss ich meine Wirbel entlasten, damit der Bruch besser verheilt. Man hat mich noch zweimal operiert. Aber das soll hier egal sein. Ich will keinen Fortsetzungsroman für die Apotheken-Umschau schreiben. Um die Straße zum Glück geht es. Wie ich auf die erfolgreich einbiege, trotz oder gerade wegen allem, was passiert ist. Auch von Ängsten erzähle ich. Ob ich die in den Griff bekomme. Und wenn ja, dann wie.

Ich koche uns einen Malventee. Während sich der Wasserkocher erhitzt, bringe ich erst zwei Tassen, dann die Löffel, dann Zucker, dann Milch und ganz zum Schluss den Tee in einer Kanne mit asiatischen Motiven. Die hat mir Frank von einer Japanreise mitgebracht. Alles, sogar das Teekochen ist mit Gehhilfe mühselig geworden, sieht jetzt auch mein Besucher. Den Unfall habe ich ihm schon am Telefon geschildert.

„Und ich habe Ihnen das Klettern empfohlen!" Mich irritiert kurz das *Ihnen*, das er anschlägt. In der Schule hatte er mich zwar im Musikunterricht der Oberstufe wie alle gesiezt. Nicht aber in den Trompetenstunden und bei den privaten Gesprächen. Er trägt wieder einen Schottenschal, obwohl es draußen schwül ist. Schon in Schulzeiten habe ich mich gefragt, ob er ein Ekzem, eine Narbe oder sonst etwas wenig Ansehnliches am Hals hat, das er mit seinem Schal verdeckt.

„Das mit dem Klettern war gut", erwidere ich und nehme auf dem Stuhl gegenüber von ihm Platz. „Dass ich abgestürzt bin, ist nicht Ihre Schuld, Herr Bruckner."

Er zeigt keine äußerliche Reaktion. „Trotzdem, irgendwie schon schlimm, dieser Zusammenhang von meinem Rat und Ihrem Unglück.

„Ich hätte eine Bitte", sage ich zaghaft. „Könnten Sie mich wie früher duzen?"

Er nickt, lehnt sich im Stuhl zurück.

„Lass uns mal genauer über deine Ängste sprechen, Philipp. Du hast mir das am Telefon angedeutet. Fangen wir mal mit der Einsamkeit an. Wie äußerst sich die, wie fühlt sich das an?"

Ich denke lange nach, um einen Einstieg zu finden.

„Kennen Sie diese Worte:

Leben ist Einsamsein.
Kein Mensch kennt den andern,
Jeder ist allein."

„Rilke?"

„Nein, Hermann Hesse. Das Gedicht heißt *Im Nebel*. Die Worte des Gedichts waren das Credo meiner Jugend. Mal habe ich sie unter Tränen in der Nacht vor dem Einschlafen ins Kopfkissen geflüstert. Mal habe ich sie, wenn ich mich unbeobachtet fühlte, über den See gebrüllt. Die Verse, wie oft haben sie mich getröstet! Denn da sprach einer, der ähnlich empfand wie ich. Leben ist Einsamsein. Gleichzeitig haben mich die Worte noch mehr in die Verzweiflung getrieben. Sie waren so absolut, so resignativ."

„Was hätte dir denn damals gegen die Einsamkeit geholfen?"

„Naja, also sicher ein Freundeskreis. Den hatte ich aber nicht. Das lag bestimmt auch an mir. Ich bin sehr zurückhaltend gewesen. Schüchtern."

„Und du hattest gar keinen Freund? Auch nicht in unserem Schulorchester?"

„Das Schulorchester war toll. Ich habe mich dort wohl gefühlt. Ein geschützter Raum ohne Häme. Aber für eine Freundschaft hat es nicht gereicht."

„Also hattest du gar keinen Freund."

Ich zögere. Denn einen in meiner Klasse gab es, den ich mit viel Fantasie als Freund zu definieren wage.

„Na ja. Konrad vielleicht."

„Warum vielleicht?"

„Mit Konrad, das war etwas ganz Spezielles."

Bilder tauchen vor meinem inneren Auge auf. Die Boxeroberarme, der Füller auf dem Schulhof, das Anmirvorbeischauen …

„Du musst von ihm nicht erzählen, wenn du nicht möchtest."

Kurz denke ich nach. Nippe noch mal am Tee. Die Erinnerung tut weh. Aber vielleicht wird es besser, wenn ich es mal ausspreche.

Ich schnaufe vor mich hin.

Gut.

Dann also Konrad.

12

Konrad war mein Freund und zugleich mein Peiniger. Am Anfang war unser Verhältnis ein scheinbar wechselseitiges: Er bot mir Schutz, ich schenkte ihm Gefolgschaft. Schutz brauchte ich vor den anderen in der Klasse, wenn sie mich auf dem Schulhof demütigten. Zum Beispiel bei der Wahl von Fußballmannschaften. Da blieb ich immer als Letzter übrig. Wir schenken ihn euch noch, sagten welche aus der Mannschaft, der ich eigentlich zugefallen wäre. Den wollen wir nicht geschenkt, diese Lusche, sagten die anderen. Ich verzog mich heimlich, spielte dann nicht mit. Oder wegen meiner extremen Akne verspotteten sie mich. Oder sie sperrten mich in der Toilette ein. Dieses Ereignis habe ich schon erwähnt. Damals ist Konrad nicht eingesprungen. Denn ich hatte ihn gerade mal wieder *verstört*, wie er das nannte. In diesem Fall hatte ich vergessen, ihm eine Rum-Trauben-Nuss-Schokolade mitzubringen, die ich zuhause aus unserer Speisekammer für ihn hätte stehlen sollen.
„Du bist kein guter Freund", sagte er in solchen Situationen verächtlich. „Ich bin verstört."

Und dann begann das große Ignorieren.

Ignorieren war seine Art, mich gefügig und abhängig zu machen. Er sprach dann tagelang nichts mit mir, sah an mir vorbei. Behandelte mich wie eine Staubfluse im All. Fragte ich ihn etwas, tat er geschäftig, so als ob er mich gar nicht gehört hätte. Bettelte ich ihn an, er möge mir verzeihen, rieb er sich die Lippen oder kratzte sich am Kopf. Er war meine einzige positive Bezugsperson in der Klasse. Das wusste er und nutzte diese seine Stellung aus.

Würde auch er sich von mir abwenden, wäre ich ganz allein. Schutzlos den Angriffen der anderen und auch seinen dann ausgesetzt. Ich war abhängig von ihm und seinen Gunstbeweisen.

Schutz bieten konnte mir Konrad, weil er Boxer war. Davor hatten alle in der Klasse einen Respekt wie der Palastreiniger vor dem Pharao. Konrad hatte sogar schon einige Turniere mit seinem Münchner Boxclub bestritten. Manchmal genügte ein Stirnrunzeln von ihm, oder das Zucken mit den Augenbrauen, ein aggressiver Laut – und potenzielle Raufbolde schlichen sich davon. Zu seinem hohen kriegerischen Ansehen trug eine breite Narbe auf Höhe seines rechten Oberkiefers bei, die er sich bei einem Treppensturz zugezogen hatte. Sie hätte auch einen Käpt'n Ahab geziert. Er war von Natur aus stämmiger gebaut als andere in unserem Alter. Seine Oberarme waren eine Mischung aus Wabbel und Muskeln, in jedem Falle von auffällig großem Umfang. Da er uns auch um eine Kopfgröße überragte und an die Jungs zwei Klassen höher heranreichte, war er der ungekrönte Champion unserer Jahrgangsstufe.

Hatte ich in der Grundschule ein paar oberflächliche Freundschaften, riss das schlagartig ab, als ich ans Gymnasium kam. Wir hatten eine ungerade Zahl von Schülern in unserer Klasse. Beim Verteilen der Plätze blieb einer übrig, der einzeln an einem Doppeltisch zu sitzen hatte. Dieser eine war ich. Die Klassenlehrerin konnte das nicht ahnen: Heute wirken diese wenigen Wochen des einsamen Sitzens wie ein Fanal auf mich. Eine Wegmarkierung, die ins Tal der Verlorenen führt. Wer gleich am Anfang der Schulzeit den Anschluss an die Gruppen und Grüppchen in der Klasse verpasst, holt das nur schwerlich wieder ein. Ich habe es jedenfalls nicht geschafft. Mein Außenseiterdasein war besiegelt.

Nach einigen Wochen kam Konrad in unsere Klasse und saß von da an neben mir. Er drehte eine Ehrenrunde, weil er in Mathe eine Niete war. In Deutsch und Englisch war er es auch. Er war eigentlich in allen Fächern eine Niete, nur merkwürdigerweise in Religion und natürlich in Sport nicht. Er nahm am ersten Tag in unserer Klasse neben mir Platz, kaute Kaugummi und malte mir einfach einen Räuber mit Stoppeln im Gesicht in meinen Deutschhefter. Dominanz zeigen vom ersten Augenblick an. Damit da auch ja kein falscher Eindruck entsteht.

So respektiert Konrad bei den anderen auch war, besaß er wie ich keine Freunde. Ihm fehlte das Gen, andere in der Klasse zu akzeptieren, ihnen auch mal die Bühne zu überlassen. Wer so viel Macht ausstrahlt, wird nur gefürchtet und hofiert, nie gemocht. Wo welche in einer Gruppe zusammenstanden, hatte er seine Auftritte. Er redete angeberisch von sich, von seinen Boxerfolgen, später dann von seinen *Weibergeschichten*. Wie lächerlich klingt das heute, wenn ein Dreizehn-, Vierzehnjähriger so spricht. Er warf sich bei diesem Thema mit Hubert die Bälle zu. Hubert, der mich so unselig in Sachen Anquatschen von Mädchen beraten hatte. Aber wenn Hubert ihm die Show zu stehlen drohte, schubste Konrad ihn mit einem Schlag auf die Brust, so dass Hubert nach hinten kippte und sich schnell verzog. Lachte Konrad über irgendetwas, was er witzig fand, tat er das laut und schaute so in die Runde, dass auch andere mitlachten, obwohl ihnen gar nicht unbedingt danach war. Das war so, wenn der Hausmeister besoffen war und ins Lehrblumenbeet pinkelte (was er oft tat). Oder als eine weinende Sechstklässlerin Zahnspange und Kontaktlinse gleichzeitig verlor. Konrad kultivierte die Schadenfreude, machte sich groß, indem er andere klein machte. Das gab ihm eine Kühle, die abstieß. Er bekam keine Einladungen zu Geburtstagspartys, niemand aus der Klasse ging mit ihm ins Kino oder hing am See mit ihm ab. Nur ich traf mich mit ihm, ohne dass wir uns wirklich nahe waren. Wir ließen flache Kieselsteine auf dem See tanzen, checkten am S-Bahnhof die Lage oder fuhren zu seinem Boxclub und schauten den Älteren beim Training zu. Man kann auch sagen: Wir schlugen die Zeit tot. Und über allem schwebte die jederzeit mögliche *Verstörtheit*.

„Heb den Füller auf", befahl er mir. Der schwarze Montblanc mit goldenen Ringen schaute aus einem roten Lederetui hervor und lag einfach so auf dem leeren Schulhof. So ein edles Teil kostete ein paar Hundert Euro. Gerade waren Konfirmationen und Firmungen gewesen. In Starnberg gab es solche kostbaren Geschenke für Heranwachsende, ohne dass das besonders auffiel. Leben ja nicht die Ärmsten dort. Mir war klar, was ich zu tun hatte, als ich Konrads ausgestreckten Finger sah. Lang wie der Zeigefinger des Johannes auf dem Isenheimer Altar (eine Sternstunde im Kunstunterricht, als wir Matthias Grünewald behandelten), wies er auf den Füller und das Etui. Mein Gewissen sagte mir, ich müsse den Füller im Sekretariat der Schule abgeben. Aber mein Gewissen und Konrads Wille waren nicht deckungsgleich.

„Heb den Füller auf!" Ich solle den Füller in meiner Hosentasche aufbewahren, meinte er, bis nach Schulschluss. Und ihn ihm dann auf dem Nachhauseweg aushändigen. Während er in die Schule zurückging, starrte ich das rote Leder und den Füller an wie ein Pferd die Penizillinspritze. Mir war Konrads Hintergedanke sofort klar. Ein Mitschüler, eine Mitschülerin würde den Verlust des Füllers vielleicht in den nächsten Unterrichtsstunden bemerken, dann ins Sekretariat stürzen. Dort nähmen dann meine ganz persönlichen Passionsspiele ihren Lauf. Durchsage der Schulleitung.

Durchsuchung der Taschen. Das wabernde Gerücht, jemand habe den Füller gestohlen. Er sei nämlich definitiv in der Schultasche verstaut gewesen. Mein Puls würde die ganze Zeit im Zickzack springen. Dann fände man ihn bei mir. Die Polizei käme. Ich wäre geliefert. Die Story, der Füller habe auf dem Schulhof gelegen und ich hätte ihn später im Sekretariat abgeben wollen, könnte ich dann in die Tonne kloppen. Und Konrad? Wäre aus dem Schneider.

Doch nicht nur wegen des drohenden Auffliegens sperrte sich etwas in mir. Zeitlebens hatte ich Angst, Fehler zu machen, mir den Zorn meines Vaters zuzuziehen. Auch jetzt fragte ich mich, wie er wohl toben würde, wenn sein Sohn ein Füllerdieb wäre. Auf der anderen Seite war da Konrads klare Ansage, sein Befehl. Ich hatte zu gehorchen, so war das nun mal zwischen uns. Ich schaute mich um, dann gingen meine Knie in die Beuge und meine Hand fuhr zögerlich zum Boden. Ich hob den Füller und die Hülle dann blitzschnell auf, während ich nach allen Richtungen schaute, ob mich jemand beobachtete. Herzschläge im Tremolo. Ich schob die Fundstücke in die Hosentasche, spürte, wie sich die Hülle mit dem Füller wie ein glühendes Eisen in meinen Oberschenkel einbrannte. Mit einem brennenden Bein aber fiele ich im Klassenzimmer auf. Der Unterricht begann jede Minute. Von Panik getrieben, stürzte ich zum Lehrblumenbeet. Dort, unter den alten Linden, konnte man mich nicht von den Klassenzimmern aus beobachten. Mit beiden Händen grub ich eine Furche, legte die Hülle mit dem Montblanc hinein und schaufelte die Erde wieder darüber.

Ich kam gerade noch rechtzeitig zum Unterricht. Neugierig musterte Konrad die schwarze Erde unter meinen Fingernägeln, stellte aber keine Fragen. Er erwartete mich am Schulausgang, wollte wie meistens mit mir nach Hause radeln. Nach hundert Metern bremste er ab und brachte auch mich mit seiner starken Hand auf meiner Schulter zum Stehen.

„Gib!", sagte er und streckte mir die offene Hand hin.

„Konrad, ich habe den Füller nicht mitgenommen. Weißt du, mein Vater ..., also, wenn das auffliegt ..."

„Gib!", sagte er jetzt entschieden. Wie Ali Baba sein Sesamöffnedich. Aber während sich das Felsentor bei Ali öffnete, hatte ich keinen Füller für Konrad.

„Ich bin *verstört*", sagte er nach einer Weile tonlos und fuhr mit seinem Rad davon. Nach einigen Metern spuckte er in hohem Bogen aus. Das Ignorieren nach dieser gescheiterten Übergabe des Füllers dauerte lange. Sehr lange. So lange, bis ich weich wurde, mich nach Schulschluss zum Lehrblumenbeet stahl und die Beute ausgrub. Am Wochenende hatte Konrad einen Boxkampf. Ich begab mich in die Sporthalle und steckte ihm, während er sich nach gewonnenem Kampf mit seinem Trainer unterhielt, heimlich den Füller mit Hülle in seine Sporttasche. Mit keiner Silbe ist Konrad jemals darauf eingegangen. Anfangs dachte ich, er hätte den Montblanc in der Tasche vielleicht gar nicht entdeckt. Erst als er wieder mit mir sprach oder besser: zu mir sprach, mich als Resonanzboden seiner Sprüche für wert erachtete, wusste ich, er hatte nach dem Fund auf dem Schulhof den Füller zum zweiten Mal entdeckt.

Heute frage ich mich, wie es so weit kommen konnte, dass ich Konrads Leibeigener wurde. Und das die ganze Jugendzeit über. Der Grund ist ein einfacher. Ich war zu schwach, mich gegen ihn aufzulehnen. Ich war kein David, kein Asterix. Mir fehlte die Kraft zum Widerstand. Ich fürchtete, von Konrad verlassen zu werden, und litt zugleich darunter, an ihn und seine Gnade gekettet zu sein. Bezogen auf Konrad war ich Tantalus im Teich: Mich hungerte nach Freundschaft, die bekam ich kaum; mich dürstete nach Anerkennung, die bekam ich gar nicht. Und über mir schwebte das *Verstörtsein*, der Verlust meiner einzigen halbwegs tragfähigen Sozialbindung. Eigentlich hätte es umgekehrt sein müssen. *Mich* hätte es verstören müssen, wie Konrad sich verhielt. Sein permanentes Unterdrucksetzen machte mich blind für seine unempathische Art, sein völliges Desinteresse an meinen Gedanken, an meinem Leben. In den knapp acht Jahren habe ich mich seinen Launen unterworfen und ihn damit in seinem Selbstwertgefühl erhöht. Er war mir ein fremder Freund. Einer, der mich in Beschlag nahm und mir die Zeit und Kraft raubte, mich, vom Schulorchester abgesehen, anderen zu öffnen. Wäre ich nicht so auf Konrad fixiert gewesen, hätten sich, davon bin ich heute überzeugt, andere Freundschaften ergeben. *Verstörtsein* und *Ignorieren*, das waren die Instrumente, mit denen er mich an sich festzurrte wie ein Beiboot an den großen Kreuzer. Helfen Freundschaften in jungen Jahren oft, die Probleme mit den Eltern besser auszuhalten, hat Konrad mein Leben noch mehr erschwert. Wenn ich so nachdenke, hat er in all den Jahren kein einziges Mal das getan, was Freundschaft ausmacht: Dem anderen Fragen stellen. Sich nach seinem Ergehen erkundigen. Ein Sorgenteiler sein. Stattdessen war es eine Freundschaft im Dauerkotau. Abhängig war ich. Ausgenutzt hat er mich.

13

Herr Bruckner hatte die ganze Zeit die Beine übereinandergeschlagen, den Arm auf der Tischplatte, und mir konzentriert zugehört.

„Das war kein Freund, dieser Konrad", meint er. „Hast du nicht mal überlegt, dich von ihm abzuseilen?"

„Das ging nicht. Ich weiß auch nicht, warum. Aber irgendwie habe ich mich vor ihm gefürchtet. Ich war zu schwach."

„Weil er dich gebraucht hat. Als Folie, um sein Ego an dir zu reflektieren."

„Ja. Und hätte ich mich von ihm losgesagt, hätte er sich sicher bitter an mir gerächt. Möglichkeiten dazu gab es viele."

„Hat dir denn die Beziehung zu Konrad überhaupt etwas gebracht?"

„Na ja, ich war halt nicht ganz alleine. Und einen so kräftigen Jungen nicht gegen sich zu haben, war ja auch schon was."

Während ich es ausspreche, merke ich, wie absurd das Argument ist. Sich jemandem zu unterwerfen, damit er einem nicht das Leben schwermacht, das war das Urrezept der Sklaverei. Nur dass Konrad mehr mit psychischen Mitteln gearbeitet hat. Seine Instrumente Verstörtsein und Ignorieren setzte er dort ein, wo in Harriet Beecher-Stowes Roman gegen Onkel Tom die Peitsche sprach. Wäre ich ihm aber nicht gehorsam gewesen, hätte er seine Boxerfäuste eingesetzt, heimlich, hinter der Turnhalle oder beim Lehrblumenbeet, ein Schlag in die Nieren, ein anderer in den Bauch. Da war ich mir sicher. Acht Jahre lang lebte ich abhängig von seiner Gunst. Das Abitur hat er dann nicht geschafft. Letztlich bin ich auch vor ihm geflohen. Danach hat er jemand anderen in meine Rolle hineinmanövriert. Einen in der Klasse drunter. Das habe ich noch mitbekommen. Später vielleicht eine Freundin. Oder einen Schwächeren im Boxclub. Wer es einmal gewohnt ist, einen gehorsamen Hund an der Seite zu haben, der kann nicht mehr ohne.

„Alles gut?" Herr Bruckner beugt sich zu mir hin, holt mich aus meinen Gedanken. „Lassen wir mal Konrad. Er hat dir nicht gutgetan. Gibt es noch etwas, was dir gegen die Einsamkeit damals geholfen hätte?"

„Eine intakte Familie. Eine Familie, der man sich anvertrauen kann. Mit der man an Sommerabenden Boccia spielt und im Winter die Schlittschuhe anschnallt. Oder am Kamin vertraute Gespräche führt. Hatte ich nicht. Ich hatte eine abwesende Mutter, einen gereizten Vater und eine mich ständig provozierende Schwester. Meine alte Familie war mir nie eine Heimat, ein Ort, wo ich mich wohlfühlte. Mir fehlte jegliches Geborgensein."

„Verstehe. Aber glaubst du denn nicht, dass sich da etwas reparieren lässt, trotz deines Bruchs und der Adoption? Ich meine, mit dem Unfall ist ja bei dir nicht gerade wenig passiert. Die Welt ist doch jetzt eine andere. Für dich, aber doch auch für deine leibliche Familie, oder?"

Das Gespräch nimmt eine Wendung, die mir nicht gefällt. Als Kind bin ich mal beim Autoscooter rausgeflogen und über die Stufen bis auf den harten Schotter des Rummelplatzes gekullert. Seitdem wird mir allein schon schwindlig, wenn ich so eine Scooterbahn sehe. So geht's mir jetzt mit dem Gedanken, meine Eltern wieder zu kontaktieren. Die Vorstellung macht mich nervös, ängstlich, wahnsinnig. Ich hatte das ein für alle Mal abgeschlossen. Jetzt fängt Herr Bruckner damit an ...

Dabei ist mir selbst auch schon mehrfach dieser Gedanke gekommen. Je mehr man versucht, unangenehme

Vorstellungen zu unterdrücken, umso stärker machen sie sich in unserem Kopf breit. Ich brauche möglichst bald eine neue Niere. Das mit der Niere von einem Toten dauert viel zu lange, wenn es überhaupt mal dazu kommt und die Niere dann auch für mich geeignet ist. Für eine Lebendspende kommen meine Adoptiveltern nicht infrage, wie ich jetzt weiß. Sabine aus medizinischen Gründen. Da kann man nichts machen. Aber die Enttäuschung über Franks ablehnende Haltung sitzt tief. Wovor hat er wirklich Angst? Seine Argumente halte ich für vorgeschoben. Aber ich traue mich auch nicht, ihn anzusprechen. Es kommt mir vor wie ein Tanz auf dem Kraterrand eines Vulkans. Wenn ich nicht aufpasse, stürze ich hinein. In meinem Falle heißt das konkret: Ich stehe Frank nicht so nahe, als dass er mich nicht auch aus seinem Leben hinauswerfen könnte, wenn ich zu aufmüpfig bin. So zumindest meine Angst. Und jetzt, wo mir alles davonschwimmt, ist die Wohnung in Harlaching eine der letzten Konstanten. Soll ich die auch noch aufgeben? Wieder an der Isar schlafen mit meiner Restniere? Ich bin von Frank und Sabine abhängig, so ungern ich mir das eingestehe. Und Frank erinnert mich mit seinem strikten Nein zu einer Nierenspende an frühere Enttäuschungen in meiner alten Familie. Rein theoretisch sind genau diese Menschen aus meiner alten Familie für eine Spende denkbar. Meine Eltern? Das ist, als ob jemand von mir verlangt, wie beim Stabhochsprung von München über den Atlantik nach New York zu springen. Unmöglich. Und meine Schwester Lou, von der ich seit fünf Jahren nichts mehr gehört habe? Das bedeutet, ich muss mit dem Mountainbike zum Mond fahren. Ganz unmöglich.

„Ausgeschlossen!", sage ich trocken und spüre, wie ich gerade das Gegenteil meine. Ich brauche nur eine Brücke, etwas, das meinen Stolz rettet. Dann, so spüre ich jetzt, würde ich den Weg gehen.

„Lass es uns trotzdem mal durchdenken", schlägt Herr Bruckner vor. „Erst mal deine Eltern."

„Wieso soll ich vor meiner alten Familie zu Kreuze kriechen? Sie anbetteln?" Ich will einfach an diese Option gar nicht denken. Mein bisschen Leben, was mir geblieben ist, baut sich auf dem Stolz auf, die Flucht geschafft zu haben.

„Ich verstehe, wie schwer es dir fällt, so eine Idee auch nur zu besprechen. Nach der letzten Trompetenstunde, damals im Foyer der Schule, da warst du sehr entschlossen. Du wolltest unbedingt alle Brücken zu deiner Familie einreißen. Ich habe dich beobachtet. Du hast sogar die Fäuste geballt, als du von den Fluchtplänen erzählt hast. Du wolltest deine Wurzeln kappen. Lateinisch *radix*, die Wurzel. Eine radikale Entscheidung. Aber glaubst du, man kann solche Wurzeln wirklich für immer abschneiden? Oder bleibt da nicht doch so etwas wie eine unauflösliche Bande innerhalb einer Familie?"

„Sie haben ja Recht. Den radikalen Schnitt wollte ich, weil ich sonst keine Chance für einen Neustart gesehen habe. Eine Wiederaufnahme des Kontaktes zu meiner alten Familie wäre ausschließlich der Not geschuldet. Ich brauche eine Niere. Nicht der Wunsch nach Versöhnung wäre der Grund."

„So was könntest du voneinander abkoppeln? Aus praktischen Gründen sie ansprechen, aber keine Versöhnung wollen?"

Mein Puls geht hoch. In meinem verwundeten Bein spüre ich einen stechenden Schmerz. Ich glaube, ich muss jetzt mal einiges klarstellen. Auch für mich selbst.

„Das ist doch alles nur Gedankenspielerei. Nehmen wir mal an, ich würde das tun. Meine alte Familie nur wegen der Nierenspende fragen. Sonst nichts von ihnen wollen. Keine Versöhnung. Warum sollten sie das mit der Niere dann tun? Mit der Adoption habe ich Fakten geschaffen. Vom Familiengericht haben sie davon erfahren. Eine schlimmere Ächtung der leiblichen Eltern gibt es nicht. Was mich tief trifft, ist das Verhalten von Frank, meinem Adoptivvater. Steinreich, aber auch mit einem Herzen aus Stein. No way, sagt er zu Tests für eine Nierenspende. Er ist halt doch nicht dein richtiger Vater, höre ich so eine Ällabätschstimme in meinem Kopf höhnen. Aber würde mir mein leiblicher Vater, weil er mein *richtiger* Vater ist, eine Niere spenden? Nach allem was war? Ich höre schon sein Geschimpfe. Seine Kaskaden von Vorwürfen, ob ich denn mit meinem Ansinnen wohl komplett übergeschnappt sei. Er habe so viel in mich investiert. Die ganzen Kosten, die ein Kind und Jugendlicher verursache. Da kämen Zehntausende von Euros zusammen! Zum Dank hätte ich ihn auf der Abifeier blamiert. Die ganze Schule habe auf ihn geschaut und gefragt *Wo ist Ihr Sohn?* Und jetzt käme ich daher und wolle, dass er für mich seine Gesundheit aufs Spiel setze ...“

„Stopp!“, geht Herr Bruckner dazwischen. „Das, was du dir als Reaktion deines Vaters ausmalst, kann ich nachvollziehen. Auch wenn es in vielem spekulativ ist. Aber, also ...“ Jetzt zögert er auffallend. Als ob er etwas nicht über die Lippen bringt. Er fährt sich mit der Hand über Stirn und Nase und schweigt.

„Was, Herr Bruckner, nur raus mit der Sprache!“

Mein alter Lehrer wendet sich zum Fenster, beobachtet zwei Eichhörnchen, die durch die Bäume jagen.

„Also gut“, dreht er sich wieder zu mir um. „Dann erzähl ich dir mal was.“

Ich bin gespannt, was jetzt wohl kommt.

„Bei deiner Abifeier habe ich den Chor dirigiert. Die Schulleiterin hat deinen Namen aufgerufen, wegen des Sonderpreises. Ich habe in diesem Augenblick deinen Vater beobachtet. Er saß verlegen an seinem Platz. *Wo ist ihr Sohn?,* hat die Schulleiterin durchs Mikrofon ihm zugerufen. Das Blut schoss ihm ins Gesicht, in die Ohren. Er ist auf seinem Stuhl nervös hin und hergerutscht. War vor der ganzen Abigemeinde blamiert. Da hast du ihm einen schweren Stich zugefügt."

Ich fühle mich nicht wohl. So schlimm hatte ich mir die Blamage für meinen Vater nicht vorgestellt. Vor allem hatte ich es so nicht gewollt. *Wo bist du???* Ich hätte die Nachricht meines Vaters auf dem Handy einfach wegstecken sollen, als ich unter den drei Eichen stand. Die Nachricht auf dem Schulhof, die mich so zornig gemacht hatte. Ich war schon sehr sensibel damals.

„Es war ein Fehler von mir, nicht zur Abifeier zu gehen und meinen Vater alleine zu lassen."

Herr Bruckner übergeht meine Worte.

„Später bin ich deinem Vater zufällig auf der Toilette begegnet. Er stand an einem der vielen Waschbecken, ganz außen. Er muss sich unbeobachtet gefühlt haben. Aus dem Augenwinkel habe ich gesehen, wie er sich mit einem großen Stofftaschentuch die Augen abgewischt hat. Kein Wasser war das, nein. Tränen sind ihm geflossen. Stille, verzweifelte Tränen. Sein Körper hat gebebt. Er hat sehr mitgenommen gewirkt ..."

In mir kommen Gefühle hoch wie damals auf dem Schulhof. Mein Vater unter all den anderen Abiturfamilien. Einsam. Verschwitzt. Die warme Regung in meinem Herzen. Was sind das für Gefühle, damals und heute? Mitleid? Nähe? Bei einer direkten Begegnung verflöge das sicher bald. Zu oft habe ich bei solchen Anwandlungen schnell wieder diese Härte, diese

Kanonaden von Vorwürfen, dieses elementare Abgewiesenwerden von ihm zu spüren bekommen ...

Trotzdem, was habe ich damals mit meinem Fernbleiben der Feier nur angerichtet! Ich war eiskalt. Das tut mir jetzt, fünf Jahre später, so richtig weh. Mann, wie bescheuert ist man manchmal, wenn man so ganz jung und unausgereift ist. So eruptiv, wenig besonnen. Ich spüre etwas in mir hochsteigen, was man am besten mit Scham bezeichnet. Scham gegenüber meinem Vater, der es mit seinem strengen Vater und dann mit seiner kranken Ehefrau und seinem Berufswechsel nicht leicht hatte. Ein Gefangener seines Herkommens, seiner Lebensumstände. Dazu kam noch ich, der Sohn, über den er sich so oft hat aufregen müssen – aus seiner Sicht. Aber wenn ich mir das jetzt überlege: Wen hatte er eigentlich, der ihm in der Not zur Seite stand? War er nicht auch ein einsamer, isolierter Mensch, vor allem nach der Geschichte mit dem Skizzenbuch?

Herr Bruckner sitzt mir gegenüber, aber ich sehe ihn nur noch verschwommen wie durch Glasbausteine. Ich tauche ein ins Meer der Erinnerungen. Mein Vater umarmt mich. Die Scheibe der Kellertür ist zersplittert.

14

Von der Statur her ist mein Vater der geborene
Beschützer: Groß und mächtig wirkt er, eine bärengleiche
Erscheinung. Die Schultern breit wie ein
Garderobenständer. Hände wie ein Fleischer. Sein Gesicht
hat demgegenüber etwas Weiches. Wenn er lächelt, wirkt
er sympathisch, gütig, milde. Aber die Physiognomie
wechselt bei ihm. Wenn er seine Wutanfälle bekommt. Die
Adern am Hals schwellen dann bedenklich an, die
graublauen und tief liegenden Augen treten aus ihren
Höhlen hervor und geben ihm etwas von einem
feuerspuckenden Saurier. Manchmal habe ich mir
gedacht: Ach, wie großartig wäre das, er würde seine
gärende Wut nicht gegen, sondern für mich einsetzen! Mir
zum Beispiel Konrad vom Leib halten, falls ich mit ihm
brechen sollte. Aber seine Wut, sein Lebensfrust wendete
sich meist *gegen* mich. Gereizt, aufbrausend, cholerisch –
seine Ausbrüche, oft aus nichtigem Anlass, haben mich
letztlich in die Flucht getrieben. Ich habe es nicht mehr
ausgehalten, unter einer finsteren Gewitterwolke zu leben,
die sich jederzeit mit Blitz und Donner über mir zu
entladen drohte.
Körperliche Gewalt hat er nie gegen mich angewendet.
Aber es gibt Vorstufen dazu, die oft noch schlimmer sind
als die physische Gewalt selbst. Weil sie alle Gehirnzellen
mit der *Angst vor* Gewalt fluten. Das Anschreien aus
nächster Nähe, bei dem ich seinen Atem spürte. Das
Versperren des Weges mit seinem Kastenkörper, wenn ich
mich an ihm vorbeischlängeln und seinen
Anschuldigungen entfliehen wollte. Die Worte am Telefon:
Du kommst jetzt soooofort nach Hause oder ..., danach
Atmen, ein leises Knistern im Telefon, sonst Stille. Mit

seiner Choreografie der Angst verstand er es, mich bis ins Innerste zu beunruhigen und klein zu halten. Nie hätte ich den offenen Widerstand gewagt. Auch wenn er nicht gewalttätig, war, fürchtete ich, es könne irgendwann soweit sein. Die virulente Angst vor körperlicher Gewalt hielt mich in Schach, ließ mich ins innere Exil gehen wie so manche Schriftsteller in Diktaturen, die angesichts drohender Haft und Folter verstummen und die Ängste in sich hineinfressen. Was mein Vater ausübte, war psychische Gewalt. Sie empfand ich als genauso schlimm als hätte er mich geschlagen. Vielleicht war es sogar noch schlimmer. Es gibt Schläge, die die Haut nicht berühren und doch viel viel tiefer gehen. Warum war er so zu mir?

Auf alten Familienvideos sehe ich meinen Vater nicht. Er war der Kameramann, wirkt wie ein Unbeteiligter. Der unsichtbare Chronist einer Mutter mit zwei kleinen Kindern. Man kann ihn immer nur hinter der Kamera vermuten, wie er stumm und emotionslos filmt, was sich da mit den drei anderen in der Familie abspielt. Dennoch erinnere ich mich an etwas unbestimmt Liebevolles, Nahes, was mein Vater mir und Lou gegenüber in der Kindheit zeigte. War es der gemeinsame Besuch des Oktoberfestes, bei dem er Lou und mir viele Karussellfahrten und gebrannte Mandeln spendierte? Waren es die Bergtouren, bei denen er mit uns Verstecken spielte und einen Waldgeist mimte, der uns in Angst und Schrecken versetzte, um sich dann, erlösend, als unser Vater zu erkennen zu geben? Waren es die Tretbootfahrten auf dem Starnberger See, bei denen wir manches Mal, weit weg vom Ufer, kreischend vor Vergnügen ins Wasser sprangen und uns, als noch etwas unsichere Schwimmer, an ihm, dem großen Papa und guten Schwimmer festklammerten? Oder war er in diesen Situationen *auch* nett zu mir, weil Lou dabei war, die er nie so hart anging wie mich? Hatte ich damals nur das Glück, auf Vaters Gunst zu Lou mitzusegeln?

Dem widerspricht ein Ereignis, das sich mir tief eingebrannt hat und bei dem Lou nicht dabei war. Die Scheibe der Kellertür. Damals war ich so sechs oder sieben Jahre alt. Mit meinem Lederfußball habe ich auf dem dürren Rasen unseres Gartens rumgekickt. Mein Vater war nicht zuhause. Also wagte ich es, verbotenerweise auch gegen die Hauswand zu schießen. Der Reiz bestand darin, den Ball in einem bestimmten Winkel zurückspringen zu lassen, so dass er mir wieder vor die Füße prallte. Dabei ist es dann passiert. Seitlich der Hauswand führt eine Treppe in den Keller hinab. Die Kellertür besitzt im oberen Teil eine Milchglasscheibe. Genau die traf ich. Natürlich ungewollt. Mit einem lauten Knall zerbrach sie in tausend Teile. Wenn das mein Vater sieht, war mein erster Gedanke. Ich dachte an den Kleinen Prinzen, der die Affenbrotbäume fürchtet, weil sie mit ihren Wurzeln den Planeten durchbohren und zerstören. Meine Affenbrotbäume waren die Ängste vor meinem Vater und seiner Reaktion. Das wird ganz schrecklich, dachte ich verzweifelt und glaubte, den drohenden Wutanfall nicht zu überleben. Ob er mich dieses Mal nicht nur anbrüllt, sondern vielleicht schlägt? Am liebsten wäre ich nicht mehr auf der Welt gewesen.

Dann kam er, sah, was vorgefallen war. Ich traute mich kaum, zu ihm aufzuschauen. Als ich es dann tat, entdeckte ich im Blick meines Vaters etwas Warmes, fast Zärtliches. Er nahm mich (ich muss am ganzen Körper gezittert haben) in den Arm und sagte: „Wer ein guter Fußballer werden will, muss auch mal eine Scheibe einschießen."

Unfassbar. Ich war so dankbar und glücklich über diese Reaktion, ja ich war richtig erlöst und bot unter Tränen an, die Scheibe mit meinem wenigen Taschengeld selbst zu bezahlen. Auch wenn ich Jahre bräuchte, um den Betrag zu begleichen. Er quittierte mein Angebot mit einem Lächeln und einem Lassgutsein, das übernehme ich.

An diesen Augenblick habe ich mich später oft erinnert. Bei vielen Wutattacken meines Vaters habe ich mir dieses Bild, diese Nähe, dieses Geborgensein in Erinnerung gerufen. Damals, vor der Kellertür, war mein Vater ein richtig guter Papa. So oft habe ich Sehnsucht empfunden, er sei immer so zu mir. Verständnisvoll. Bedingungslos an meiner Seite, komme was da wolle.

Bilder, Gefühle, Erinnerungen an die Nähe zu meinem Vater, meist mit Lou gemeinsam – fern und nicht wirklich konturiert, wie vom Nebel eingehüllte, fahl leuchtende Straßenlaternen. Als kleines Kind hielt er mich manchmal beim Wandern im Wald an der Hand. Zu meinen Geburtstagen aber, so erinnere ich mich, gab es nur steife Händedrücke wie unter Geschäftsleuten, keine Umarmungen. Auch dieser körperliche Minimalkontakt schwand, je mehr ich heranwuchs und je mehr er mich zu seinem Wutobjekt degradierte. Dass er mich für seine Wut brauchte, dieses Gefühl hatte ich oft. Heute bin ich überzeugt, mein Vater war nicht immer schon ein so grantiger und unzufriedener Mensch. Er ist es durch einschneidende Lebensbrüche, durch biografische Knackse *geworden*. Deswegen müssen wir über diese Knackse jetzt sprechen. Ich will besser verstehen, warum er so zu mir war. Wenn ich es aufschreibe, klart es sich vielleicht wie der Himmel nach einem schweren Sommergewitter auf.

Ein erster schwerer Knacks in seinem Leben war der berufliche Wechsel. Ich war zehn Jahre alt und kam ans Gymnasium. Eben jenes, an welchem mein Vater bis dahin als Kunstlehrer gearbeitet hatte. Er tauschte damals diese sichere Beamtenexistenz im staatlichen Schuldienst gegen das riskante Leben als Galerist und Selbstständiger ein. Warum er das tat, weiß ich nur andeutungsweise. Gerüchte kursierten an der Schule und kamen auch mir zu Ohren. Die besagten, es sei zu Verfehlungen meines Vaters an der Schule gekommen. Irgendetwas mit einer Oberstufenschülerin, die ihn bei ihren Eltern angeschwärzt habe. Er habe den Grundfehler eines Lehrers gemacht und sei nach der Schule alleine mit ihr im Klassenzimmer geblieben. Sie habe ihn, so die Legende, die mir Konrad mal zusteckte, um Hilfe bei einer Zeichnung gebeten. Später habe sie behauptet, er habe sich ihr genähert, sie angefasst ... Genaueres bekam ich nie heraus. Ein Verfahren gegen meinen Vater gab es nicht. Aber sein Ruf war angeschlagen. Das verschärfte sich, als ein anderes Gerücht über ihn an der Schule umging. Es sei bei der Abrechnung einer Klassenfahrt ein Teil der Schülerbeiträge versickert. Weil mein Vater für die Finanzen zuständig war, kam er in Verdacht, sich bereichert zu haben. Die Vorwürfe lösten sich später in Nichts auf. Das Geld war plötzlich doch da. Aber wochenlang waberte das Gerücht und grub sich in Form einer steilen Stirnfalte über der Nasenwurzel meines Vaters ein. Er fragte sich, ob er einen Feind im Lehrerkollegium habe, der bewusst diese Gerüchte streue. Aber ihm fiel niemand ein.

Ich hörte einmal, wie er meiner Mutter sagte, manche im Kollegium würden ihn seit den Vorwürfen ignorieren. Auch wenn er unschuldig sei, spüre er die Blicke, das Getuschel. Er, der sich an Schülerinnen vergehe, er, der Geld veruntreue ... Nein, so könne er jedenfalls nicht weiter an der Schule arbeiten. Auch wolle er aus der belastenden Situation etwas Gutes machen, einen alten Traum umsetzen. So eröffnete er eine eigene Galerie.

Wenn ich mir das so vor Augen führe, hat mein Vater damals die Flucht angetreten. Wie ich später aus der Familie geflohen bin. Zwei, die eine Situation nicht mehr aushalten. Das hätte die Grundlage für ein Gespräch sein können. Wenn wir nicht so verbohrt, so rechthaberisch gewesen wären. Wenn. Mein Opa, der Vater meines Vaters, war ein Sturschädel. Mein Vater ist es. Ich bin es vermutlich auch. Es gibt schlechte und lebensbehindernde Eigenschaften, die pflanzen sich von Generation zu Generation fort. Kann man diese Kette nicht mal durchbrechen? Kann ich sie nicht durchbrechen? Nur wie? Ich stelle mir das vor. Ich suche meinen Vater auf. Jetzt, fünf Jahre nach meiner Flucht. Ich sage zu ihm: Du bist damals vor der Schule, dem Kollegium geflohen, und ich bin vor dir geflohen. Lass uns mal über das Thema Flucht reden! Er würde mich, so vermute ich, für verrückt erklären. Weil er sich eingestehen müsste, in einer unerträglichen Situation ähnlich wie ich gehandelt zu haben. Auch mir fiele es nicht leicht, so offen zu reden. Oft ist es einfacher, belastende Dinge zu ignorieren, zu verdrängen. Wir glauben dann, sie erledigen sich von selbst. Doch sie holen uns immer wieder ein. Wenn ich die Augen schließe, regnet es trotzdem weiter und ich werde nass.

Mein Vater nahm einen Kredit auf. Damit und mit seinen Ersparnissen mietete er Galerieräume in exklusiver Lage am Münchner Promenadenplatz direkt gegenüber dem Hotel, in dem Scheichs, Aristokraten, Hollywood-Prominenz und weltweite Politelite ein und aus gehen. Die Vergangenheit abstreifen wollte er auch mit einem Imagewechsel. Trug er als Lehrer legere Kleidung wie Jeans und Rollkragenpullover, lief er jetzt in palmgrünen, dottergelben oder sumpfbraunen Cordanzügen rum. Dazu kragenlose Hirtenhemden und bunte Hüte. Er sah aus, als habe er in Paul Gauguins Farbkasten gebadet. Plötzlich wirkte er mondän, weltstädtisch, international. Ich fand das gar nicht schlecht, aber auch erstaunlich. Heute bin ich mir sicher, mein Vater fühlte sich in seinem neuen Outfit nicht sonderlich wohl. Glaubte aber, mit dieser Kleidung in die vorgeprägte Rolle des großstädtischen Galeristen schlüpfen zu müssen. Im tiefsten Kern war er genauso unsicher und von Versagensängsten geplagt wie ich. Im Unterschied zu mir erlebte er als Kind noch körperliche Züchtigung. Die Knute meines Großvaters. Er hat bei meinem Vater, als dieser klein war, kräftig zugeschlagen, das weiß ich von einem unabsichtlich belauschten Gespräch meiner Eltern. Mein Vater hatte wegen dieser Prügel immer panische Angst vor dem Versagen. Bloß keine Fehler machen. Sich an Regeln und Rollen halten. Die Angst, bestimmten Rollenbildern nicht zu entsprechen und dafür verspottet oder ausgegrenzt zu werden, rührt von daher, da bin ich mir sicher. Diese Angst hat er an mich weitergegeben, indem er sich mir gegenüber ähnlich streng wie sein eigener Vater verhielt. Er schaffte es nicht, sein Verhalten zu reflektieren und die Generationenkette der falschen Erziehung zu durchbrechen.

Warum war der berufliche Wechsel ein Knacks für meinen Vater? Soweit ich das mitbekommen habe, hat er die Klippen einer selbstständigen Existenz unterschätzt. Er quälte sich mit Bilanzen, Nebenkosten und säumigen Zahlern. Auch die Kundschaft strapazierte sein Nervenkostüm.

Zum Beispiel ein Doktor von Falkenberg, Vorstandsvorsitzender eines Autoreifenkonzerns. Der interessierte sich für das Ölgemälde eines Niederländers aus dem siebzehnten Jahrhundert. Die Galerie bot das Bild in Kommission an. Ob er es denn mal in seiner Villa für vierzehn Tage zur Probe aufhängen könne, fragte er. Das sollte wohl möglich sein, meinte mein Vater. Er ging ins Risiko. Schloss für die Ausleihe eine eigene und teure Versicherung ab. Brachte das Bild höchstpersönlich in die Grünwalder Villa. Was man halt so unter Kundenpflege versteht. Es ging immerhin um zweihunderttausend Euro, davon hätte er fünfzehn Prozent Provision erhalten. Und was tat der von Falkenberg? Prahlte mit dem Bild, wie mein Vater über einen anderen Kunden erfuhr, vor chinesischen Geschäftspartnern. Sie hatte er in seinen Palast eingeladen und bewirtete sie opulent. Das Reich der Mitte war ein zukunftsträchtiger Markt. Da galt es, gute Stimmung zu machen. Den Gästen etwas bieten. Kunst aus *good old Europe*. Das beeindruckte, verlieh Seriosität und schuf ein günstiges Klima für Vertragsabschlüsse. Dann rief von Falkenbergs Büro bei meinem Vater an. Er solle den Niederländer wieder abholen. Das Ambiente passe nicht, die Wandfarbe, die Lichtverhältnisse. Aber wer zahlt die Versicherung, fragte mein Vater. Natürlich die Galerie, sagte die Sekretärin, das erwarte Doktor von Falkenberg so. Sei ja üblich. Grimmig erzählte mein Vater zuhause meiner Mutter die Geschichte. Eine Reaktion von ihr gab es nicht. Erwartete er auch nicht. Er brauchte nur ein Gefäß, in das seine Geschichte wie dampfender Teer hineinfloss. Meine Mutter war ein solches Gefäß für ihn, weil sie die Dinge nicht mehr richtig auf die Reihe brachte und stumm zuhörte. Aber auch eines Frustableiters bedurfte er. Der war ich. Ich hatte mein Fahrrad hinter das Haus gestellt und nicht in den Keller gesperrt. Das war der Vorwand für einen Wutrausch. Das Fahrrad, eine läppische Ursache. Am Ende standen zwei gebrüllte Sätze: „In diesem Hause gibt es Regeln!!! Die gelten auch für dich!!!".

Regeln. Die hatte dieser von Falkenberg ignoriert. Beziehungsweise gab es in seiner geschäftlichen Beziehung mit meinem Vater keine. Er sprang mit ihm um wie mit einem Kofferboy. Mein Vater hatte zu gehorchen. So wie ich meinem Vater zu gehorchen hatte. Ein Reigen wie bei Arthur Schnitzler. Aber hier ging es nicht um das Verlangen nach Liebe, sondern um Macht, Gehorsam und Unterdrückung. Wobei Liebe und Macht oft ein unheiliges Band knüpfen. Aber das ist jetzt hier nicht das Thema.

Die Kosten für die Versicherung zahle die Galerie: Ich sehe meinen Vater vor mir, wie er bei diesem apodiktischen Satz der Sekretärin stumm nickt. Die Mundwinkel fallen nach unten. Auf der Stirn bilden sich tiefe Rillen, wie Ackerfurchen. Innerlich schäumt er. Der Reifenmann ist als Kunde König und kennt keine Skrupel. Die Leitung ist stumm. Einfach aufgelegt hat die Sekretärin.

Ein halbes Jahr später bat von Falkenberg meinen Vater wieder um das Probehängen eines Bildes. Dieses Mal ein Werk der Münchner Schule. Er wusste nicht, dass mein Vater von dem Trick mit den chinesischen Geschäftspartnern Kenntnis hatte. Dieses Mal hätte mein Vater von vorneherein klar NEIN sagen müssen. Aber er traute es sich nicht. Obwohl er wusste, was für ein Ausbeuter von Falkenberg und wie risikoreich und kostspielig das Ausleihen eines Gemäldes war. Aber von Falkenberg war einflussreich. Könnte ihn diskreditieren. Und vielleicht würde er ja doch irgendwann ein sehr teures Gemälde erstehen. Ihm abzusagen, das könnte fatale Auswirkungen haben. Bloß keinen Fehler machen, nicht versagen. Also lieh mein Vater ihm auch dieses Bild aus, schloss wieder eine teure Versicherung ab. Auch dieses Mal passte nach zwei Wochen das Ambiente nicht – da rastete mein Vater aus. Mal nicht mir, sondern einem anderen gegenüber. Mich beruhigte das ein wenig. Ich war zwar *ein* Wutobjekt, auch ein häufiges, sicher sein beliebtestes. Aber ich war nicht *das* Wutobjekt schlechthin. Nicht das alleinige. Ich hatte halt das Pech, für ihn gut greifbar zu sein, wenn er wütend war. So legte ich mir die Dinge zurecht, auch um sein Verhalten mir gegenüber zu erklären.

Jedenfalls muss er sehr getobt haben, in seiner noblen Galerie. Wieder hörte ich mit, als er aufgebracht meiner Mutter davon erzählte. „Sie betrügen mich, ich weiß von Ihren chinesischen Gästen ...", muss er den Reifenmann angeschrien haben, der dieses Mal dreist und selbstbewusst persönlich erschienen war. Zu meines Vaters Pech hatte der gewiefte von Falkenberg eine Mitarbeiterin im Schlepptau, als Zeugin für alle Fälle. Der Wutanfall brachte meinem Vater eine Beleidigungsklage ein. Er hatte eine Unterlassungserklärung zu unterschreiben, ein Schmerzensgeld an von Falkenberg zu zahlen. Ebenso die Versicherung für vierzehn Tage Hängen eines Meisterwerks der Münchner Schule in einer Grünwalder Villa.

Nach dieser Niederlage haderte mein Vater maßlos damit, von Falkenberg bei der zweiten Anfrage nicht von vorneherein abgesagt zu haben. Er ärgerte sich nicht nur über den unverschämten Geschäftsmann, sondern auch über sich selbst, über seine Feigheit. Genau die Feigheit, die er auch bei mir beobachtete. Meine fehlenden Freunde, mein ängstliches Auftreten bei vielen Gelegenheiten. In mir, so glaube ich, erkannte er sich selbst wieder und, statt sich selbst zu bestrafen für seine Feigheit, reagierte er sie an mir ab. Er war ein Gefangener in sich selbst. Und niemand hatte die Schlüssel zur Gefängniszelle, am wenigsten er selbst.

Diese Nadelstiche einzelner Kunden, die geschäftlichen Misserfolge und die latente Angst vor der Insolvenz waren es, die meinen Vater zunehmend reizbarer machten. Für die Wuträusche gab es einen festen Fahrplan. Geladen kam er nach Hause. Warf den Hut auf die Garderobe. Betrat mein Zimmer stumm. Die Augen kniff er zu schmalen Schlitzen zusammen. Mit einem kurzen Kopfnicken gab er mir zu verstehen, ich habe die Musikanlage abzustellen. Stille. Schweigen. Das große Ritardando begann. Seine Wut brauchte einen Anlauf, eine Startbahn, auf der sich die Militärjets mit schwerer Ladung in Stellung brachten. Er begann stets mit einer Frage. Leise, mit der Stimme eines dunklen Gongs, sprach er sie aus. Zum Beispiel: „Was hast du denn heute Mittag um halb zwei gemacht?" Scheinbares Interesse. Aber die exakte Uhrzeit ließ nichts Gutes ahnen. Wenn ich dann sagte, ich sei von der Schule nach Hause gegangen, nickte er. „So so. Und auf dem Nachhauseweg von der Schule, da war alles ganz normal gelaufen, ja?" Er sprach immer noch sanft. Ich hielt es für besser, stumm zu bleiben. „Aha, da sagst du also nichts mehr", stellte er nun mit leichter Schärfe fest.

An seinem tiefen Schnaufen, den unmerklich zitternden Wangen und einzelnen Schweißperlchen auf der Stirn merkte ich: Er bog auf die Startbahn ein, fuhr den Motor hoch und kam auf Touren. Es dauerte jetzt nur noch Sekunden, bis er abhob und seine zerstörerische Ladung auf mich warf. Das Gewitter an Vorwürfen und Anklagen. Schreiend, speiend. Das sah dann zum Beispiel so aus: „Du willst mir also nicht erzählen, dass du mit einer Zigarette mit anderen Halbstarken vor dem Schulhof herumgelungert hast? Aha! Da kommt man mal zufällig an der Schule vorbei und sieht gleich den Rauchersohn! Noch keine vierzehn und schon der Glimmstengelkönig! Mit was für einem Geld hast du die Kippen eigentlich finanziert?

Ich reiß mir ein Bein aus, um finanziell über die Runden zu kommen. Und der Herr Sohn denkt, er könne ..."

So ging das Gewitter über mich her. Zwei, drei, in schlimmen Fällen auch mal zehn Minuten lang. Meist rückte er ganz nahe an mich heran oder drängte mich in eine Ecke, wo ich mich halb von ihm wegdrehte. Ein Schutzreflex. Den Abschluss bildete meist ein gebrülltes *Rede!*. Auch da hatte ich gelernt, besser nichts zu sagen, sondern durch Schweigen meine Schuld einzugestehen. Schließlich drehte er sich zur Tür. Donnerte noch ein *Na warte!* und knallte die Zimmertür zu. Hörte ich unten im Wohnzimmer, wie der Fernseher anging oder Mathis der Maler seine schrägen Lieder sang, war es überstanden. Er saß dann mit einem Glas Whiskey da und kam langsam emotional runter. Nur die Bestrafung stand noch aus. Sie erfolgte, bevor ich ins Bett ging. Halb öffnete er die Tür meines Zimmers, verkündete wie mit einer letzten Salve Munition den Urteilsspruch. Dein Taschengeld ist für die nächste Woche gestrichen, du hast Hausarrest für zehn Tage ...

Mein Vater brauchte diese Ausbrüche, um seinen Ärger, seinen Frust zu kompensieren. Einen Grund zum Wüten fand er immer. In der Manier eines Kammerjägers entdeckte er noch in den verborgensten Ritzen und Ecken meines wenig spektakulären Lebens irgendetwas, was er als schädlich, ungehörig, seinen Normen widersprechend empfand. Mein Haarschnitt, mein Liegen auf dem Bett, der Abstellort meiner Schultasche – er war ein begnadeter Wutgrundfinder. Dann donnerte er an die Tür meines Zimmers. Oder fing mich auf dem Weg dahin ab. Der bebende Koloss.

Diese Agenda des Wütens erkannt zu haben, erleichterte es mir, die Angriffe auszuhalten. Wie andere im Fitnessstudio ihr Programm abspulen, hakte ich innerlich die Wutphasen meines Vaters ab. Sagte mir, das ist nun mal so, die Attacken gehören zu deinem Leben. Trotzdem blieben nach jeder Attacke Stiche. Tiefe Stiche, die nur ein Mensch zufügen kann, der einem auf natürlich vorgegebene Weise ganz nah ist. Meinen Vater habe ich mir nicht bei Ikea oder Lidl ausgesucht. Er ist mir zugefallen. Oder zugewiesen worden, von wem oder wie auch immer. Es gibt stets eine rätselhafte tiefere Verbindung zwischen Vätern und Söhnen. Obwohl mir mein Vater in fast allem so unendlich fern und fremd war, war es mir unerklärlich, warum ich emotional nicht von ihm loskam. Egal, wie sehr ich versucht habe, die Ausbrüche meines Vaters in ein Schema zu pressen, um das Verhalten dadurch anschaulicher, erklärbarer, kleiner zu machen – es gelang nie wirklich! Mir blieb als einziger Ausweg der Abstand, das Ausweichen, die Flucht. Fast immer gepaart mit schlechtem Gewissen und dem ätzenden Gedanken, ein unwürdiger Sohn zu sein. Alternativ erinnerte ich mich bei den Wuträuschen manchmal an die vom Fußball zersplitterte Scheibe und die liebevolle Art meines Vaters danach. Im Sinne von Herrn Bruckner und von Matthias Claudius malte ich mir die helle Seite meines Vaters aus, sein Papasein in früheren Zeiten. Das half mir allerdings auch nicht immer. Und nie ganz. Die Narben auf meiner Seele, sie bildeten sich, wurden immer tiefer und blieben. Eigentlich sind Narben Zeichen dafür, dass etwas heilt. Wenn ich mich jetzt, nach fünf Jahren völliger Distanz, wieder meinem Vater nähere, würden dann nicht die Narben wieder aufreißen? Bei mir, aber auch bei ihm?

15

„Ich höre aus deinen Worten von vorhin so etwas wie Reue bei dir heraus, Philipp. Vielleicht wäre das ein guter Einstieg in ein Gespräch mit deinem Vater?"

Herr Bruckners Worte holen mich in die Realität zurück. Die Erinnerungen an meinen Vater waren wie ein langer Tauchgang in meine Kindheit. Jetzt komme ich wieder an die Oberfläche.

„Reue? Wie?"

„Na, du hast doch gesagt, es sei ein Fehler gewesen, deinen Vater auf der Abifeier so zu blamieren. Könntest du dir vorstellen, ihm das einmal zu sagen? Oder ihm zu schreiben?"

Den Kontakt zu meiner alten Familie wiederaufnehmen, jetzt schlägt es Herr Bruckner konkret vor. Tue ich es, gehe ich das Risiko ein, abgewiesen zu werden. Empörung auszulösen. Tue ich es nicht, vergebe ich mir die Chance, länger zu leben, unbeschwerter zu leben. Mit einer neuen Niere. Wie ich mich entscheide, wird es falsch sein. Ich habe Angst vor dem einen und dem anderen. Wer zwischen zwei schlechten Varianten zu wählen hat und beide fürchtet, der tut meist – nichts.

„Was müsste passieren, damit dir der Schritt hin zu deiner alten Familie leichter fiele?"

Ich habe keine Antwort auf seine Frage. Ich schlage ihm vor, nach draußen zu gehen. Wir setzen uns auf eine Steinbank auf der Terrasse und schauen in das Kiefernwäldchen. Wieder jagen die beiden Eichhörnchen die Bäume rauf und runter. Er fragt mich nach meinen Adoptiveltern, nach Freunden im Studium. Wenn ich davon erzähle, spüre ich, wie isoliert ich lebe. So alleine mit meiner schweren Krankheit, fühle ich mich wie ein

Hund, ausgesetzt auf einem Autobahnrastplatz. Der Hund sieht den Verkehr vorbeihuschen und weiß nicht, wo er hingehört und was er tun soll. Am meisten fehlt mir ein Mensch, dem ich mich anvertrauen kann. Mit dem ich den Alltag bespreche, jederzeit. Die Sehnsucht nach einer Freundin, die auch in schwierigen Zeiten zu mir steht, ist groß. Aber das ist jetzt irrealer denn je. Wer will schon einen Halbtoten zum Freund haben? War ja vorher schon schwer genug. Und jetzt, nach dem Unfall, schaffe ich es eher bei Jauch zur Milliardenfrage als dass ich eine Freundin finde.

Ich gebe mir einen Ruck, erzähle Herrn Bruckner von Désirée. Offenbare ihm die Probleme, die ich habe, eine Frau anzusprechen. Jetzt, in meiner großen Not, traue ich mich, ihm auch das zu sagen. Zu Abizeiten ging das noch nicht. Ich habe nichts mehr zu verlieren. Immerhin, meint er, hätte ich das mit dem Ansprechen einmal gewagt. Und Erfolg gehabt, auch wenn das mit Désirée auseinanderging. Eine Erfolgsquote von einhundert Prozent. Fünfzig denke ich mir und habe Nadja an der Bushaltestelle dazugezählt.

„Mich quält wieder die Frage, ob dieser Clemens aus Köln, der frühere Freund von Désirée, wirklich am Tag des Absturzes bei ihr aufgetaucht ist. Oder ob sie ihn kontaktiert hat, *nachdem* sie von der Polizei und Sabine erfahren hat, was mit mir passiert war. Am Vorabend des Unfalls hatte sie ihn beim Telefonieren mit keinem Wort erwähnt! Auch sonst nie! Das will mir nicht in mein Hirn eingehen. Ob sie ihn gar erfunden hat, um einen guten Grund zu haben, mich zu verlassen? Weil sie in Wahrheit nicht mit einem Dialyse-Mann die Zukunft planen will? Vielleicht hat sie geahnt, mit was für einem Anliegen ich an sie herantrete. Die Nierenspende ..."

„Solches Grübeln bringt dich nicht weiter", unterbricht mich Herr Bruckner und ich meine, er klingt leicht ungeduldig. „Du wirst die Wahrheit nie erfahren. Weil du immer das Gleiche denkst, immer Dinge in der Vergangenheit beleuchtest, die nicht mehr zu ändern sind, kannst du nicht nach vorne schauen. Diese Désirée hat dich im Stich gelassen. Gebongt. Doch es gibt viele Frauen in deinem Alter, die anders gestrickt sind. Warum gehst du nicht in eins der Onlineportale, um jemanden kennenzulernen? Du kannst doch offen schreiben, in welcher Situation du dich befindest."

„Liebe, die auf Mitleid basiert, ist keine Liebe", halte ich dagegen und staune, wie altklug ich klinge.

„Trotzdem, glaubst du nicht, man muss der Liebe Gelegenheiten schaffen? Das gilt auch für Freundschaften. Die zu finden ist schwierig, wenn man niemandem begegnet."

Ich spüre, in seinen Worten steckt etwas Wahres. Wie ein Mönch hocke ich in meiner Harlachinger Zelle herum, grüble krude Gedanken anstatt mich unter Leute zu begeben. Im Oktober könnte ich doch wenigstens mein Studium wieder aufnehmen, trotz meiner Krankheit. Ich frage Herrn Bruckner, wie er das findet.

„Meinst du wirklich *trotz* deiner Krankheit? Oder muss es nicht *wegen* deiner Krankheit heißen? Große Kunst, Musik, Literatur, sie geht meist von Menschen mit schwierigen Biografien aus. Die irgendwie mit etwas hadern, gebrochen sind, und das durch Kunst kompensieren. Kann dich das nicht anspornen, kreativ zu werden? Wieder die Trompete hervorzuholen? Zu malen? Gedichte zu schreiben?"

Ich staune. Genau diese Theorie mit den gebrochenen Existenzen und der großen Kunst halte ich auch für zutreffend. Gerade im Zusammenhang mit Herrn

Bruckners Schulorchester waren mir diese Gedanken erstmals gekommen. Der Klangkörper der Underdogs. Bestätigt auf einer höheren Ebene durch Künstler wie van Gogh, Beethoven, Stevie Wonder. Wie geistesverwandt mein früherer Lehrer und ich hier sind!

Auch ich bin eine gebrochene Existenz. In einem ganz wörtlichen Sinne. Der Sturz vom Berg hat mir Rippen, Bein, Wirbelkörper gebrochen. Noch stärker macht mir der seelische Bruch zu schaffen. Kann dieser seelische Bruch ein Signal sein, endlich selbst kreativ zu werden? Trompetenspielen, das ist vorbei und fordert mich nicht wirklich kreativ. Was aber, wenn ich zu schreiben beginne? Ich lese so viel und habe schon lange den Wunsch, selbst einmal etwas zu Papier zu bringen. Nur fehlte mir bisher der Mumm, das Zutrauen. Doch jetzt, wo mein Leben in Trümmern vor mir liegt, sollte ich das vielleicht als Zeichen sehen. Aber was sollte ich schreiben? Gedichte? Einen Roman? Oder eher etwas Essayistisches, zum Beispiel zum Thema Reue? Kann ich das überhaupt? Oder sollte ich mein Leben aufschreiben, mit all seinen Brüchen? Auch wenn ich noch eigentlich zu jung und unbedeutend für eine Autobiografie bin? (*DAS HIER*, der Leser, die Leserin sieht, wie ich mich entschieden habe). Gute Literatur speist sich aus eigenem Erleben, ist dadurch authentisch. Der Gedanke nistet sich irgendwo ganz hinten in meinem Kopf ein. Für den Augenblick verflüchtigt er sich, weil Herr Bruckner weiterspricht.

„Deine Situation ist auch eine große Chance, dich neu zu justieren. Zum Beispiel mit anderen Nierenkranken chatten, Selbsthilfegruppen besuchen. Oder, wenn das zu deprimierend ist, dich als Trompeter in einer Band bewerben. Ich habe, was Bands betrifft, gute Kontakte."

„Wieso soll ich ausgerechnet jetzt kontaktfreudiger werden, wo ich so ein großes Handicap habe?"

„Weil sich jetzt alles neu zurechtrüttelt. Bei so einem kompletten Neustart könnte ein Vorsatz *Ich gehe jetzt auf Leute zu* besser umzusetzen sein. Denn du musst dich aus deinem bisherigen Leben ohnehin befreien. Oder wie siehst du das? Ich will dir nichts aufdrängen. Letztlich müssen die Antworten auf die großen Fragen deines Lebens aus dir selbst kommen."

Ich zweifle an dem, was er sagt. Dieses Mal gibt er mir viele konkrete Ratschläge. Ganz anders als früher, als er mir fast nur zugehört hat. Warum diese Ratschläge? Weil ich Impulse von außen brauche, da ich sie in mir nicht finde?

„Ich gebe Ihnen mal ein Beispiel, wie das dann aussieht", sage ich. „Vor dem Unfall war ich ängstlich und schüchtern, traute mich nicht, von Désirée abgesehen, eine Frau anzusprechen. Das ist jetzt nicht einfacher geworden. Was, wenn ich beim ersten Treff meinen Diätplan zücke und schaue, ob ich das Kakaopulver auf dem Cappuccino runterstreichen muss? Ob der Vitaminriegel kaliumarm ist? Nach wenigen Minuten des Dates sage ich, ich müsse jetzt gleich los zur Dialyse. Sterben würde ich wahrscheinlich auch bald. Es sei denn, ich bekäme eine Spenderniere. ‚Ach, und wenn ich dich jetzt gerade so nett kennenlerne, würdest du mir eine Niere von dir schenken?' Glauben Sie wirklich, Herr Bruckner, mir fällt das jetzt leicht, Kontakte zu knüpfen, ausgerechnet zu Frauen?"

Ich habe mich heiß geredet. Falle jetzt zusammen wie ein altes Haus unter der Abrissbirne. Überall nur Probleme, Sackgassen, Frust. Nichts Aufbauendes. Nur Niederziehendes. Sieht man mal von dem kurzen Gedanken, etwas zu schreiben, ab. Ich bin ein Fakir, der versucht, zwischen die Nägel des Bretts zu springen. Wir schweigen lange.

„Vielleicht suche ich unbewusst nur nach einer Ausrede. Wegen des Kennenlernens von Frauen", räume ich ein. „Weil ich nicht noch einmal so enttäuscht werden möchte wie von Désirée." Und, so ergänze ich still für mich, weil ich nicht wieder in eine peinliche Situation wie damals mit Nadja an der Bushaltestelle geraten will.

„Philipp, überlege dir auch mal, ob du nicht psychologische Hilfe beanspruchen willst. Du hast so viel aufzuarbeiten. Und in dir gärt etwas. Da ist es hilfreich, wenn einem jemand ein paar gute Fragen stellt."

Herr Bruckner verabschiedet sich. Er muss zu seiner Frau, die seit Jahren bettlägerig ist. Das sagt er mir, als er schon am schmiedeeisernen Tor zur Straße steht. Ich habe ein schlechtes Gewissen. Wieder hat sich alles nur um mich gedreht. Obwohl ich es mir dieses Mal anders vorgenommen hatte. So habe ich nichts von einem eventuellen Ventil erfahren, das mein alter Lehrer hat, um seine Sorgen loszuwerden. Nichts von eventuellen dunklen Seiten bei ihm. Immerhin weiß ich jetzt, auch er hat ein schweres Los. Sich um seine schwerkranke Frau kümmern. Mir hätte es sicher viel gebracht, ihn davon mehr erzählen zu hören. Wie seine Frau mit ihrem eingeschränkten Leben umgeht. Doch jetzt stapft er zur Tramhaltestelle los.

Ich bin ein Icher, ein Egomane. Wenn ich so bin, mag ich mich selbst nicht. Warum nur öffne ich mich nicht mehr anderen Menschen, stelle ihnen Fragen? Ginge ja ganz einfach, indem ich zu Beginn eine Frage mit nur zwei Wörtern stelle: Und du? Ich will, muss und werde das ändern. Werde mich mehr für andere Menschen interessieren. Denn wer andere fragt und ihnen zuhört, wird oft überrascht, bereichert, auch wenn es vorher nicht danach aussieht. Diese langweilige Reinigungskraft, dieser biedere Beamte, dieser heruntergekommene Obdachlose –

was werden die schon zu erzählen haben, denken wir. Und staunen, was sich im Gespräch mit ihnen ergibt. Woher ich das weiß? In einem Seminar an der Uni haben wir einen Aufsatz von Heinrich von Kleist gelesen. Der Titel sagt das Wesentliche aus: *Von der allmählichen Verfertigung der Gedanken beim Reden.* Wenn wir miteinander sprechen, ergeben sich Gedanken, die vorher nicht im Ansatz zu erwarten waren. In der Theorie leuchtet mir das ein. Warum aber wende ich es nicht an? Weil ich die ganze Zeit viel zu tief in meine Welt eingegraben bin. In die Welt der Bücher, ohne echte Menschen. Denn Bücher enttäuschen, verletzen einen nicht so, wie es Menschen tun. Aber wenn man allen Begegnungen ausweicht, weil sie einen vielleicht enttäuschen könnten, verkapselt man sich und vereinsamt. Ich brauche ein bisschen Schneider von Ulm in meinen Adern. Der war sehr mutig. Zwischenmenschliches wagen, auch wenn ich abgewiesen werde. Zwar haben die Leute an der Adlerbastei vor Vergnügen gejohlt, als der Schneider mit seinem spektakulären Fluggerät in die Donau stürzte. Aber heute gilt er als Pionier der Luftfahrt. Das sage ich mir zur Selbstermutigung. Ab sofort werde ich mich stärker anderen öffnen, sie nach ihren Träumen und Ängsten fragen. Und nicht immer mein Ego zum Thema machen.

Ich sitze wieder auf der Steinbank auf der Terrasse und kratze mit einem Stock auf den Platten herum. Meine Gedanken kreisen wieder um meinen Vater und um das, was mir Herr Bruckner von der Abifeier erzählt hat. Was in meinem Vater wohl vorgegangen ist, als er in der Nacht damals auch noch meine Abschiedsnachricht las? Mein Vater, der wirklich viel Unglück erlebt hat. Allein schon mit einer psychisch schwer kranken Ehefrau zusammenzuleben, verschleißt viel Energie. Auch die Sache mit dem Skizzenbuch hat ihn seelisch sehr angezählt. Sein Selbstbewusstsein, seine gesellschaftliche Stellung brachen mit dieser Affäre weitgehend zusammen, nachdem ihm der finanzielle Druck vorher und die von Falkenbergs dieser Welt schon schwer zugesetzt hatten. Jetzt, wo ich das alles hier so zusammentrage, verstehe ich sein Verhalten besser. Sogar das mir gegenüber. Auch wenn ich es nicht entschuldigen kann. Dazu müsste er erst einmal Reue zeigen. So wie ich mein Fernbleiben bei der Abifeier bereue. Aber kann mein Vater das? Etwas bereuen? Noch nie habe ich gehört, dass er einen Fehler zugegeben hat. Stur wie Suppen-Kaspar im Struwwelpeter ist er. Er ist ein Gefangener seiner Cholerik. Ist das eine Veranlagung, die man einfach hat und nicht loswerden *kann*? Oder ist es auch im Erwachsenenalter noch möglich, sich grundsätzlich zu verändern?

16

Der berufliche Wechsel war ein großer Knacks im Leben meines Vaters. Er verlor seine Sicherheiten. Als meine Mutter ihren Beruf aufgab, fürchtete er das finanzielle Scheitern. Immerhin hatte sie ein stattliches Gehalt bekommen, das mit einem Mal wegbrach. Zwar gehörte meinem Vater das Haus in Starnberg, das er als einziges Kind von seinen Eltern geerbt hatte. Aber meine Schwester und ich waren in der Ausbildung, meine Mutter erhielt nur eine überschaubare Rente wegen Berufsunfähigkeit. Der Kredit für die Galerie war weiterhin zu tilgen. Diese Belastungen drückten auf die breiten Schultern meines Vaters wie das Joch eines Pferdefuhrwerks. Er musste ununterbrochen ackern, um Einnahmen zu generieren. So gab er private Zeichenstunden und dozierte an der Münchner Volkshochschule über *Die großen Meister*. In der Hoffnung, den kunsthistorischen Sensationsfund zu landen, suchte er Privathäuser mit angeblichen Kunstraritäten auf, deren auf dem Speicher entdeckte Bilder aber selten über Dürers *Betende Hände* oder *Röhrende Hirsche am Spitzingsee* hinausgingen. Er war unermüdlich tätig. Ein von Existenzangst Getriebener. Auch sein Renommee in der Kunstwelt war ihm heilig. Er brauchte *das* besondere Erfolgserlebnis. Aus Eitelkeit, sicher. Aber auch für uns als Familie, für mich, um uns ein sicheres Leben ohne materielle Not zu garantieren. Als Kind empfindet man es als selbstverständlich, wenn die Eltern sich für einen abrackern. Erst später gerät in den Blick, wieviel persönlicher Verzicht das für sie bedeutet hat. Aber so ist das mit der Generationenfolge. Die Eltern bekommen im Gegenzug eine Absicherung im Alter. Kinder, die sich um sie kümmern, wenn sie gebrechlich sind. In der Theorie ist das jedenfalls so. Ich aber habe diese Generationenfolge abrupt beendet. Und jetzt bin ich sterbenskrank. Für meine Eltern wäre ich im Alter also vielleicht nicht mehr da. Mir wird nun klar, dass ich ihnen schon mit meiner Flucht und mehr noch mit der Adoption diese Vision geraubt habe: Der Sohn, der sich um sie kümmert, wenn sie alt sind. Halte ich dem die cholerischen Anfälle meines Vaters entgegen, werde ich unsicher, sehr unsicher, ob ich nicht übereilt und ungerecht gehandelt habe. Denn rechtfertigen sie wirklich einen so radikalen Bruch, wie ich ihn vollzogen habe? Ich denke an das, was Herr Bruckner gefragt hat: *Glaubst du, man kann solche Wurzeln wirklich für immer abschneiden? Oder bleibt da nicht doch so etwas wie eine unauflösliche Bande innerhalb einer Familie?*

Mit achtzehn Jahren, zum Zeitpunkt der Flucht, da stand ich am Ende einer jahrelangen *Verschreckung*. Die permanente Angst vor meinem ausrastenden Vater hat mich zermürbt. Ich war wie ein Kaninchen, dessen Stalltür plötzlich offensteht und das die blühende Wiese voller Klee in der Ferne erspäht hat. Es gab einfach kein Halten mehr. Damit kein falscher Eindruck entsteht: Mein Vater war nicht nur verzweifelt, gestresst und gereizt. In Starnberg war er eine honorige Persönlichkeit. Die Gerüchte an der Schule lösten sich nach seinem Weggang so schnell auf wie sie gekommen waren. Er war Mitglied im Kunstverein und im Rotary Club. Den Sportverein förderte er gelegentlich mit Spenden. Als Münchner Galerist brachte man ihm Respekt entgegen, vor allem nachdem der Rotary Club die edlen Räume am Promenadenplatz besichtigt hatte. Meinen Vater umgab die Aura des Experten, des Connaisseurs, der echte wertvolle von billiger Trash-Kunst zu unterscheiden weiß. Das baute ihn in seinem Selbstbewusstsein auf. Die Wertschätzung half ihm immer mal wieder über die finanziellen Sorgen hinweg, von denen er gelegentlich zuhause beim Essen erzählte. Er war wer in der besseren Gesellschaft. Allerdings setzte ihn der neu gewonnene Status auch unter Druck. Seine Galerie hatte er mit ständig neuen Bildern zu füllen, immer wieder bat man ihn zu berichten, was es Neues in seinen Räumen gäbe. Wo andere bequem ihren Status genossen und mit Oldtimern gemütlich unter der Abendsonne um den Starnberger See kutschierten, saß er über Kreditverträgen und überlegte sich, wie er expandieren und seinen Ruf mehren könne. Auch jetzt war er nicht wirklich glücklich. Und dann geschah die Sache mit dem Skizzenbuch. Ein junger Mann besuchte ihn in der Galerie. Aus seiner schlichten Aktentasche zog er ein in rotem Leder gebundenes und in Papier eingehülltes Buch mit unwahrscheinlich beeindruckenden Skizzen, Zeichnungen. Die seien von keinem geringeren als Franz Marc, dem Maler der Künstlergruppe Blauer Reiter, behauptete der Besucher. Sein Urgroßvater namens Ludwig Eberbach sei im Ersten Weltkrieg an der Seite des Malers östlich von Verdun geritten, um die militärische Lage zu erkunden. Ein Granatensplitter habe Franz Marc getroffen und getötet. Eberbach habe Hilfe herbeigerufen, die Bergung des Leichnams sichergestellt. Franz Marc habe Eberbach, seinen vertrauten Gefährten an der Front, kurz vor dem tödlichen Ereignis gebeten, sein Skizzenbuch an sich zu nehmen, falls ihn der Krieg hinwegraffe. Er solle es in Friedenszeiten an ein geeignetes Museum übergeben. Das gehe aus Briefen hervor, die der Urenkel ebenfalls meinen Vater zeigte. Mein Vater wunderte sich, wieso Franz Marc im Krieg an ein Museum für sein Skizzenbuch gedacht habe und nicht an seine Frau. Mit dem Verkauf des Skizzenbuchs hätte sie sich das weitere Leben finanziell absichern können. Als er das einwarf, konterte der Urenkel, Franz Marcs Frau habe den sonstigen Nachlass in der Verwaltung gehabt. Außerdem sei ihr Vater Bankdirektor gewesen und habe ihr nach Marcs Tod finanziell das Leben abgesichert. Sein Urgroßvater, so fuhr der Besucher fort, sei allerdings wenige Wochen nach Kriegsende der Spanischen Grippe erlegen. So sei es ihm nicht möglich gewesen, den letzten Willen des Künstlers zu erfüllen. Das Skizzenbuch habe es über viele Umwege von der Front in den niederbayerischen Dreiseithof der Familie Eberbach geschafft. Dort habe es einen einhundertjährigen Dornröschenschlaf gehalten. Bis er, der Urenkel von jenem Ludwig Eberbach, es jetzt entdeckt habe, zusammen mit den Briefen. Von meinem Vater wollte er nur eine ungefähre Schätzung, wie wertvoll das Skizzenbuch sei. Gerne gegen Bezahlung. Dann werde er es dem Lenbachhaus oder den Museen in Kochel oder Murnau als einschlägigen Orten des Blauen Reiter zum Kauf anbieten.

Mein Vater begutachtete das Skizzenbuch ausführlich und witterte seine Chance. Er machte dem Urenkel deutlich, wie nachteilhaft es sei, wenn er das Skizzenbuch direkt einem Museum anbiete. Die würden ihm als öffentlich geförderte Einrichtungen einen Preis weit unter dem Marktwert zahlen. Auch dauere das lange, bis Geld fließe. Er aber könne ihm binnen zwei Tagen einen dem Marktwert entsprechenden Betrag auszahlen. Gerne auch in bar. Der Urenkel zeigte wenig Interesse für dieses Angebot, bat aber dennoch um Bedenkzeit. Er wolle sich mit seinen Eltern beraten, denen das Skizzenbuch schließlich ja gehöre. Sein Vater sei nach einem Schlaganfall selbst nicht in der Lage, solche Verhandlungen zu führen. Und die Mutter kümmere sich um ihren Ehemann und könne deswegen nicht in die Landeshauptstadt reisen.

Die vielen Details, die exakt zutreffenden Fakten, die der junge Mann zu Franz Marc und zu seiner Familiengeschichte ausbreitete, gaben meinem Vater das Gefühl, dem lange ersehnten Sensationsankauf ganz nahe zu sein. Natürlich war er auch skeptisch, es gab schließlich schon genügend Fälschungsskandale. Er recherchierte die Namen der Beteiligten, das verwendete Papier, telefonierte mit Kennern, Vertrauten, glaubte nicht, dass es wahr sein könne und fand doch immer wieder alles so bestätigt vor, wie es ihm der Besucher vorgetragen hatte. Tatsächlich rief der junge Mann am nächsten Morgen meinen Vater an und sagte, seine Eltern seien einverstanden. Ja, sie wollten eine angemessene Bezahlung. Das mit den Museen und deren kargen Budgets, den langen Entscheidungswegen sei einleuchtend. Bis wann mein Vater das Geld in bar bereit habe, wollte er wissen. Sie verständigten sich auf einen Termin in der Woche darauf. Mein Vater kratzte seine letzten finanziellen Reserven zusammen, veräußerte sogar zahlreiche Bilder weit unter dem Einkaufspreis, um liquide zu sein. Die Galerie war so gut wie leergekauft, nur damit er einen mit Geldscheinen gefüllten Koffer zum Hauptbahnhof tragen und in einem Hotel dort den Deal über die Bühne bringen konnte. Das Skizzenbuch sah verdammt echt aus. Als mein Vater es einem Kölner Auktionshaus anbot, war das Staunen und Raunen in der Fachwelt groß. Die Galerie am Promenadenplatz stand kurze Zeit im Fokus des internationalen Kunstmarkts. Endlich hatte mein Vater das, wonach er sich so sehnte: Ruhm, Macht, öffentliches Interesse. Bei der Versteigerung selbst, so war er sich sicher, würde er ein Vielfaches an Geld von dem erzielen, was er selbst für das Skizzenbuch gezahlt hatte.

Doch dann stürzte alles zusammen. Ein Fälscherehepaar flog auf, das zahlreiche Museen und Firmentrusts mit professionell gefälschten Bildern betrogen hatte. Mehrfach konstruierten sie abenteuerliche, aber plausible Stories zur Provenienz der Bilder. Ihren Sohn setzten sie als Lockvogel ein. Er war ein ausgebildeter, aber arbeitsloser Schauspieler. In der Fälscherwerkstatt fanden die ermittelnden Behörden auch Probeseiten aus dem angeblichen Skizzenbuch von Franz Marc.

Der Vorfall mit dem Skizzenbuch war für meinen Vater ein finanzielles Desaster. Aber was noch schlimmer war: Er kostete ihn den Nimbus des Experten. Die Zeitungen, auch die in Starnberg, waren voll von Häme über seinen Fauxpas. Er war beruflich gescheitert. Zwar gab es noch genügend Käufer europäischer Kunst aus Asien oder der arabischen Welt, an denen der Skandal mit dem Skizzenbuch vorbeigegangen war. Sie sicherten ihm so einigermaßen die Existenz. Aber er war ein gebrochener Mann. Die Tränen auf der Toilette bei meiner Abifeier rührten sicher auch daher. Schau, das ist doch der Galerist, der dem Fälscher auf den Leim gegangen ist ... Geflüsterte Worte an den Abifeiertischen. Meinen Vater muss es Überwindung gekostet haben, überhaupt dort hinzugehen. Und ich war nicht da. Das war der andere Grund für seine Tränen. Die Abifeier als Manifestation einer gescheiterten Vater-Sohn-Beziehung. Aber er durfte für mich den Sonderpreis entgegennehmen, tröste ich mich. Das hat seine Ehre in der Starnberger Öffentlichkeit wieder ein bisschen hergestellt. (Ach Mensch, wenn ich das so schreibe, merke ich, wie ich etwas herbeirede, konstruiere. Die Wahrheit ist: Ich habe Mist gebaut!)

Wenn uns etwas für unser Leben Wichtiges wegrutscht, suchen wir nach Stabilität an anderen Stellen. Meinem Vater ging das Renommee in der Kunstwelt flöten. Er setzte noch strengere Regeln zuhause dagegen. Wenigstens dort herrschte er noch uneingeschränkt. Lange dachte ich, er kenne so etwas wie Angst nicht. Heute deute ich seine Wutanfälle gegenüber mir als Ausdruck einer Existenzangst. Die Verzweiflung darüber, in der Kunstwelt eine Lachnummer zu sein. Das zog ihn runter. Er trat aus dem Rotary Club aus, sein Hort der Anerkennung. Den Kunstverein verließ er selbstredend auch. Unser Haus war jetzt seine Burg, in der er sich verschanzte. Hier suchte sich sein Frust jetzt noch mehr als vor dem Skizzenbuchskandal ein Ventil zum Dampfablassen. Das Ventil war meist ich. Ich kann mir sein Verhalten heute erklären. Aber wieder merke ich, dass ich ihn trotzdem nicht entschuldigen kann.

Wenn ich Gründe für seine Wutanfälle finde, ist das für mich ein Schlüssel, ihn zu verstehen. Waren die Wutanfälle vielleicht ein Tick? Etwas, was er nicht lassen konnte wie andere Leute das manische Händewaschen? Eine Art Zwangshandlung? Brauchte er dieses Entladen durch Brüllen, weil sich irgendwelche biochemischen Substanzen in seinem Gehirn zu Sprengstoff vermengten? Etwas, das andere durch Sport oder den Besuch von Rockkonzerten kompensieren? Mein Vater hatte ja auch andere Ticks. Schuheputzen zum Beispiel. Die High Heels, Stiefel, Slingpumps meiner Mutter an erster Stelle. Er ertrug es nicht, wenn sich auch nur ein Staubkorn auf einem Schuh niederließ. Ich sehe ihn vor mir, wie er im holzvertäfelten Flur sitzt, den schwarzen Lackschuh in der einen, die Bürste in der anderen Hand. Tuff, tuff, tuff! Die Borsten streifen nur leicht das Wachs auf dem Schuh. So zaubert er ein besonders starkes Glänzen hervor. Kam meine Mutter, als sie noch bei der Bank arbeitete, von einer Geschäftsreise zurück, schnappte er sich als erstes ihre Schuhe. Tuff, tuff, tuff! Dem Staub aus Mailand,

Stockholm oder Miami galt es den Garaus zu machen. Einmal gab es darüber einen heftigen Streit zwischen meinen Eltern. Sie habe zu viele Schuhe, warf er ihr mit aufgeblasenen Backen vor. Er käme gar nicht nach mit Putzen. Meine Mutter schrie ihn an, ihn gingen ihre Schuhe nichts an, sie verdiene ihr eigenes Geld. Aber er sei es doch, der sie alle putzen müsse, hielt er dagegen. Warum er diesen Irrsinn mit den Schuhen betreibe, schrie meine Mutter zurück, er sei ein ... Sie brach mitten im Satz ab, blickte ihn starr und bitter an. Ein Schuhwerker, der sich in ihr Leben eingenistet hatte wie ein Wespenschwarm im Rollokasten.

Mein Vater. Warum nur war er mir oft so fern? Ich trage kurze Hosen, balanciere auf einer alten Mauer, stürze ab, falle in ein Meer von Brennnesseln. Er schreit, tobt, wütet. Es stehe ja nun wirklich groß genug *Betreten verboten!* am Zaun des Abbruchhauses. Mich juckt es am ganzen Körper. Strafe genug. Warum tröstet er mich nicht? Reibt mir Spucke auf die roten Schwellungen an Armen und Beinen? Wieder lehrt er mich das Fürchten. Wehe, wenn er mich noch *ein*mal auf der Mauer erwische! Im Laufe der Jahre gibt es eine ungeschriebene Liste verbotsbewehrter Orte: Im Garten darf das Fahrrad auf keinen Fall stehen; vor dem Schulhof rauchen geht gar nicht; die alte Mauer ist für immer verboten. Überall angstbesetzte Territorien, eine Landkarte mit rot markierten No-Go-Areas, zwischen denen ich mich hindurchlebe.

Kann Angst ansteckend sein? Ist sie vererbbar? Ich frage mich, ob ich deswegen so von Ängsten besetzt bin, weil auch mein Vater es war. Nur dass er die Angst gut überspielte. Oder nicht fähig war, sie als solche zu erkennen. Er wirkte, wenn er sich außerhalb unseres Hauses befand, souverän, fest im Leben stehend. Aber beim Essen zuhause, in seinen Monologen, kam ungewollt viel Angst zum Vorschein. Vor allem die Angst zu versagen. Nach dem Skandal mit dem Skizzenbuch räumte er das manchmal, nicht ohne Larmoyanz, ein. Wie er nur so blöd sein konnte, auf diese Verbrecher reinzufallen! Wem er denn jetzt noch vertrauen solle, wenn man ihm ein Gemälde anbot!

Den schlimmsten Wutanfall hatte ich mit vierzehn auszuhalten. Am Tag meiner Konfirmation hatte er mich abends am See aufgespürt, wo ich mit den anderen Konfirmanden abhing. In der Hand hatte ich eine Dose Bier. Es war mein Tag! Dachte ich. Mein Vater sah das anders. Selbst an diesem Festtag galten seine Regeln. Alkohol am See, in der Öffentlichkeit, das ging gar nicht. Wieder ein angstbesetztes Territorium mehr. Der Wutanfall kam spät, für mich unerwartet, kurz vor Mitternacht. Die Verwandten waren alle wieder abgereist. Mein Vater hatte viel getrunken. Harte Sachen. Der Wutrausch war der längste, den ich je von ihm ertragen musste. Eine geschlagene Viertelstunde dauerte er an.

„Du bist ein unmöglicher Mensch", schrie er am Schluss. „Ein *Unmöglicher*!"

Da habe ich aufgehört, Papa zu sagen.

Aber vielleicht war ich ja wirklich ein unmöglicher Mensch damals. Ein Stück weit auch ein Icher, ein Egomane, wie ich erst jetzt so langsam merke. Aber kann man das als Heranwachsender selbst korrigieren? Ist man da nicht seinen Gefühlen hoffnunglos ausgeliefert? Wehrlos? Chancenlos? Hätte mir dabei nicht jemand helfen müssen?

17

Das Gespräch mit Herrn Bruckner hat vieles in mir aufgewühlt. Die leichten Vorwürfe, die er sich macht, weil er mir das Klettern empfohlen hat, beschäftigen mich. Trägt er wirklich Schuld an meiner Situation? Mit Sicherheit nein. Er wollte mir mit seinem Vorschlag helfen. Und hat es ja auch. Ich erinnere mich an mein erstes Seminar an der Uni, der überfüllte Hörsaal. Am Wochenende zuvor hatte ich den schwierigen Pößnecker Klettersteig in den Dolomiten geschafft. Exponierte Stellen, luftige Ausblicke, ein hoher Kraftaufwand. Als ich oben auf fast dreitausend Meter Höhe auf dem Piz Selva stand, durchströmte mich ein tiefes Gefühl von Glück. Ich hatte mich überwunden, schwierige Situationen gemeistert und sogar ein paar andere Kletterer und Kletterinnen kennengelernt.

Ein paar Tage später dann also mein erstes Seminar an der Uni. Als ich den Saal betrete, erschrecke ich: Es gibt kaum noch einen freien Platz. Du meine Güte, da traust du dich doch nie etwas zu sagen, schwant es mir. Jedenfalls nicht, wenn ich das zu lange hinausschiebe. Dann baut sich nämlich eine Mauer auf. Eine Mauer aus Angst davor, zu versagen. Ich höre die Worte der Dozentin. Sie trägt eine knallrote Brille. An einem Ohr trägt sie einen ovalen Silberring. Der ist fast so groß wie ein Rettungsring für Kleinkinder. Ein bisschen sieht sie wie eine Außerirdische aus. Sie spricht über Lyrik an der Wende zum zwanzigsten Jahrhundert. Da kenne ich mich aus. Du musst dich melden, du musst dich melden, sage ich mir immerzu. Ich registriere darüber kaum, was sie erzählt. Bis dann mir sehr vertraute Worte auftauchen:

Ich fürchte mich so vor der Menschen Wort.
Sie sprechen alles so deutlich aus.
Und dieses heißt Hund und jenes heißt Haus,
und hier ist der Beginn und das Ende ist dort.

Die Worte hat der Beamer an die getünchte Wand des Hörsaals geworfen. Was uns der Dichter damit sagen wolle, und ob jemand den Dichter kenne, fragt die Dozentin. Mit einigen anderen hebe ich die Hand. Du hast es getan, flüstere ich und fühle mich wie Hänsel und Gretel, nachdem sie die Hexe in den Ofen geschubst haben. Du hast dich gemeldet! Jetzt erteilt mir die Dozentin auch noch das Wort. Sechzig, siebzig Augenpaare drehen sich zu mir um wie ein Forellenschwarm nach den Brotkrumen. Noch einmal rufe ich mir ganz kurz die schwierigste Passage des Pößnecker Steigs vor mein inneres Auge. Dann werde ich ruhig. Mein Puls schlägt nur noch drei Mal die Minute.

„Rainer Maria Rilke hat das Gedicht kurz vor der Wende zum 20. Jahrhundert geschrieben", sage ich, als ob ich den ganzen Tag nichts anderes tue als Gedichteraten. „Er will uns vor einer Welt warnen, die entzaubert ist, weil wir alles definieren, erklären, versachlichen."

„Oh", sagt die Dozentin. „Wie kommen Sie angesichts dieser vier Verse zu so einer Aussage?"

Ich befinde mich auf sicherem Terrain. Rilke habe ich schon als Schüler geliebt. Den Sonderpreis habe ich seiner Lyrik (und meiner Interpretation) zu verdanken.

„Es sind", sage ich mit fester Stimme, „die nächsten vier Verse, die das noch anschaulicher machen. Sie lauten ...",
und ich zitiere sie frei:

Mich bangt auch ihr Sinn, ihr Spiel mit dem Spott,
sie wissen alles, was wird und war;
kein Berg ist ihnen mehr wunderbar;
ihr Garten und Gut grenzt grade an Gott.

Durch die Reihen geht ein Raunen. Trete ich zu arrogant auf? Schon befällt mich Scham, mich so besserwisserisch produziert zu haben.

„Nicht schlecht", sagt die Dozentin und nimmt jetzt andere dran, die die dritte Strophe interpretieren. Puh, was für eine Erleichterung. Ich habe es geschafft. Mich gemeldet, drangekommen und nicht versagt!

Wer bewusst die Konfrontation mit der Angst sucht, für den verliert sie mit der Zeit ihre Macht. Doch jetzt, nach dem schlimmen Sturz, dem Beinahe-Tod ist genau das der wunde Punkt. Das Klettern hat mich, was den Mut betrifft, in die Erdumlaufbahn gebeamt. Und jetzt bin ich mit meiner Mutkapsel irgendwo im Ozean aufgeknallt und die Raumkapsel ist zerschellt. Ich kämpfe gegen das Ertrinken an. Mir fehlt jegliches Zutrauen in die Zukunft. Jeglicher Antrieb, zum Beispiel das Studium wieder aufzunehmen. Drei Mal die Woche muss ich zur Dialyse. Wenn ich dort in diesem Krankenstuhl sitze, kommen mir trübe Gedanken. Auf eine Lebendorganspende zu warten, ist egoistisch, denke ich dann. Schließlich ist es ja ein massiver Eingriff in die Gesundheit eines anderen Menschen. Oder ich male mir aus, dass mein Körper die neue Niere trotz gründlicher Voruntersuchungen nicht annimmt. Dann war aller Aufwand umsonst. In meinem Kopf springt ein Dämon herum. Der *Hoffnungszerstörer.* Mein Sturz hat mich körperlich schwer beschädigt. Aber genauso schlimm bin ich emotional drauf. Ich bin eine Ruine. Abrissreif. Der Tegelbergsteig ist mir zum Menetekel geworden: So wie ich beim Klettern gescheitert bin, werde ich in allem anderen auch versagen. Wie soll ich jemals wieder Zutrauen in mein eigenes Können erlangen? Wie bekomme ich wieder Boden unter meine Füße?

Auch Sterben und Tod fluten immer mal wieder mein Gehirn mit einer giftigen Injektion, die dann langsam alle Zellen ergreift. Bis zum Unfall war die Zukunft für mich ein gelobtes Land. Mein Auszug aus der Knechtschaft des Elternhauses ging einher mit Visionen, Träumen und dem Glauben an ein besseres Leben. Nicht lange dauerte es, und ich war ernüchtert. Ich erkannte, wie wenig ich in der Lage war, mit meiner verklemmten Art Kontakte zu knüpfen. Das lag also nicht oder allenfalls indirekt an meinen Eltern. Ich hatte es mir zu einfach gemacht, ihnen an allem die Schuld zu geben. Auch an der Isar kam mir die Rolle des Outlaws zu, der nur bei Ratten beliebt war. Dann kamen Sabine und Frank, die Wohnung in Harlaching. Das Klettern hat mich aus meiner Angstecke geholt, mir Zuversicht gegeben. Ich habe mich mehr auf Menschen zubewegt, Kontakte geknüpft, Désirée angesprochen. Das Studium hat mich beflügelt. Ich habe so viel wie noch nie gelesen. Belletristik, Lyrik, die Klassiker vieler Länder. Wähnte mich schon als späteren Lektor in einem Verlag. Durch den Unfall ist dieser positive Zugang zum Leben abgerissen. Ich sehe keine Zukunft mehr. Jedenfalls keine, auf die ich mich freue. Mit dreiundzwanzig Jahren hat man normalerweise einen großen Vorrat an Zukunft. Man träumt von einem tollen Job. Der großen Liebe. Urlauben an wunderschönen Stränden, die Füße im Sand und ein Caipirinha in der Hand. Das Leben, das vor einem liegt, ist scheinbar endlos. Über meiner Zukunft aber prangen neun Buchstaben: RESTNIERE. Ohne Spenderniere habe ich nur noch ein paar Jahre zu leben. Mit strengen Diäten, ohne Bier oder

Wein. An Geräten. Ein bisschen Leben wenigstens. Mein Leben aber läuft auf eine Wand zu. Die Todeswand. Wenn die verbliebene Niere aussteigt, ist es fast schon soweit. Ich kann dieser Todeswand kaum ausweichen. An ihr seitlich mich vorbeischlängeln und auf die Straße des Glücks wieder einbiegen, wie soll das gehen? Klar kann man auch ohne Nieren an den Geräten irgendwie noch leben. Ich weiß schon. Das Problemwort ist das *irgendwie*. Du hast dich wie Tom Sawyer in der Höhle verlaufen. Und Indianer-Joe kann jeden Augenblick um die Ecke kommen und dir die Gurgel umdrehen. In so einer lebensgefährlichen Situation ist die friedliche Kaffeetafel bei Tante Polly für Tom genauso weit weg wie für mich ein normales Leben mit Studium, Freundin und Vespa-Roller. Seit ich von den kaputten Nieren weiß, ist der weiße Teufel oder einer seiner Kollegen erst recht hinter mir her. Er will nichts weniger als mein Leben. Wie soll man mit so einer Perspektive bitteschön normal leben?

Das alles zieht mich runter. Deswegen kann ich mir auch nicht vorstellen, im Oktober wieder an die Uni zu gehen. Ich scheue die Begegnung mit Gleichaltrigen. Es ist wie damals, als ich als Obdachloser an der Isar gehaust habe. Auf der einen Seite die Welt der lachenden Griller, das dolce vita, das Glück in großen Dosen; bei mir aber tummelten sich die Ratten. Heute sehe ich, wie andere in meinem Alter die Fülle des Lebens vor sich haben. Sie haben jede und jeder eine attraktive Zukunft, mit vielen offenen Wegen auf der Straße des Glücks. Ich aber sehe für mich in der Zukunft ein Nichts. Nur Ödnis. Leere. Leere ist eigentlich gar nicht so schlecht. Da kann man unbelastet von vorne anfangen, oder? Ja, unbelastet anfangen ist gut. Aber *mit was* von vorne anfangen, wenn mein Ideenspeicher komplett leer ist?

Manches hat sich für mich im Gespräch mit Herrn Bruckner geklärt. Mein alter Lehrer war immer noch freundlich, interessiert, wohlwollend. Aber den goldenen Weg aus meiner Verzweiflung sehe ich immer noch nicht. Beim Abschied meinte Herr Bruckner, ich bräuchte eine Therapie. Ich solle doch mal überlegen, ob ich nicht zu einem Psychologen oder einer Psychologin gehe. Daran habe ich auch schon gedacht. Aber ich kann mir das nicht wirklich vorstellen. Mich irgendeinem fremden Menschen zu öffnen. Der gleichzeitig auf die Uhr schaut, wann der nächste Patient dran ist. Oder sagt man Klient?

18

Na gut, ich rufe bei der psychologischen Beratungsstelle der Uni an. Gebe die Matrikelnummer und ein paar andere Daten an, damit das Gegenüber checkt, ob mir eine solche Beratung zusteht. Die noch jung klingende Psychologin stellt mir viele Fragen. Wir machen einen weiteren Telefontermin aus. Sie erläutert mir den Hintergrund ihrer Fragen. Mit meinen Antworten versucht sie, mich einzustufen. Von zehn möglichen Punkten komme ich auf acht. Das heißt, ich unterliege starken depressiven Verstimmungen mit der Tendenz zu einer Depression. Sie mailt mir eine Liste mit vielen psychologischen Praxen in München. Die solle ich anfragen wegen einer Therapie. Einen Termin machen. Ich müsse Geduld haben. Noch am selben Tag schreibe ich einen Mailtext und schicke ihn an alle Adressen. So hatte es mir die Uni-Psychologin empfohlen. Schon bald weiß ich den Grund für diesen Rat: Termine gehen entweder gar keine oder frühestens in einem halben Jahr. Zu viel Nachfrage. Als normaler Kassenpatient brauche ich Geduld. Meinen Stiefvater Frank zu Rate ziehen will ich nicht. Es ist wohl der Stolz, der mich daran hindert. Mit seinem Geld ginge vielleicht ein früherer Termin, als privat Zahlender. Aber er ist nicht bereit, sich wegen einer Nierenspende testen zu lassen. Ich will ihm keine Gelegenheit geben, sich von der Schuld für dieses Verweigern freizukaufen.

Einen Termin für eine eventuelle Therapie bekomme ich also vorerst nicht. Aber ich begegne Dr. Nora Kolisch. Sie ist Ärztin für Infektiologie in der Klinik, in die ich zur Dialyse gehe. Ich lerne sie rein zufällig kennen. Im Wartebereich gleich am Eingang der Dialysestation. Ich bin deutlich zu früh zu meinem Termin gekommen. Nora, wie ich sie ab jetzt hier nenne (sie bietet mir bei unserer zweiten Begegnung das Du an), setzt sich kurz auf einen der in die Jahre gekommenen Kunststoffstühle. Sie füllt irgendwelche Formulare aus. Ich schaue auf meinem Stuhl Löcher in die Luft. An uns vorbei laufen Ärzte mit wehenden Kitteln.

„Dauert es noch lange?" Das sind ihre ersten Worte an mich. Sie hat ihren Aktendeckel zugeklappt. Ich weiß nicht, warum sie mich anspricht. Vielleicht ahnt sie, warum ich hier sitze. Sie ist achtunddreißig Jahre alt. Schnell finden wir in ein Gespräch. Ich erzähle ihr von meinem Nierenproblem. Sie wiederum muss sich erst wieder an Deutschland gewöhnen. Vor einer Woche war sie noch im Kongo. Dort war ein Ebola-Virus ausgebrochen. Ihr Einsatz geschah für *Ärzte ohne Grenzen*. Ihren Urlaub hat sie dafür zur Verfügung gestellt.

„Ist das nicht sehr gefährlich, so ein Einsatz?"

„Ja, ist es. Neunzig Prozent der mit dem Virus Infizierten sterben daran", sagt sie leise. „Aber man kann sich ganz gut schützen."

„Und wieso geben Sie dafür Ihren Urlaub her?"

Sie streicht eine Haarsträhne nach hinten.

„Hergeben, das klingt so negativ. Ich mache das ja gerne. Meine Zeit für etwas Sinnvolles einsetzen. Natürlich liege ich auch mal gerne am Strand oder auf einer grünen Wiese unter einem Apfelbaum und tue nichts. Aber so ein Job wie der im Kongo, das gibt meinem Leben erst wirkliche Tiefe."

Ich zögere, frage dann aber doch.

„Demnach ist der Job hier im Krankenhaus nicht wirklich erfüllend?"

Jetzt lacht sie laut auf. „Doch, doch, auf seine Art schon. Aber was ich hier tue, ist vor allem Forschung. Wir suchen nach Impfstoffen, analysieren die Daten Erkrankter. In

Afrika, das ist direkte Hilfe für die Menschen vor Ort. Sie danken es einem so sehr."

Sie zeigt mir einige Fotos auf ihrem Handy. Glücksstrahlende afrikanische Gesichter. Sie erzählt mir, wer die Menschen sind.

„Ich glaube, Sie müssen jetzt gehen." Sie nickt einer Krankenschwester zu, die mich zur Dialyse abholt. „Hier, meine Handynummer." Sie hat sie eilig auf einen Zettel gekritzelt. Die Begegnung verwirrt mich auf eine positive Weise. Neue Bilder strömen in mein Gehirn. Kinder in Afrika. Eine Ärztin in Schutzkleidung unter Ebola-Infizierten. Noch am selben Abend schreibe ich ihr und wir verabreden uns. Keine Ahnung, was Nora umtreibt, sich ausgerechnet mit mir zu treffen. Sie hat den ganzen Tag und sogar im Urlaub mit Krankheiten und Kranken zu tun. Jetzt auch noch mit mir. Als Pflegefall? Als Projekt? Ist sie einer dieser Gutmenschen, die nie genug vom Guttun bekommen und deshalb wertgeschätzt werden wollen? Oder was ist es?

Diese Fragen stelle ich mir bald nicht mehr. Nora ist einfach interessiert an anderen Menschen. Vor allem an denen, denen es schlecht geht. Mir hat sie wohl angesehen, dass ich zu dieser Kategorie gehöre. Sie dreht sich gerne um andere Menschen. Was aber nicht heißt, dass sie nicht auch von sich spricht. Beim zweiten Treffen, am Ammersee, erzählt sie mir von ihrer Kindheit in Hamburg.

Mit der S-Bahn fahre ich nach Herrsching, wo sie wohnt. Wir haben uns an der Minigolf-Anlage verabredet. Es ist ein warmer Spätsommerabend. Am Himmel kreist ein Rotmilan. Vor der Eisdiele stehen Kinder für Zitroneneis an. Mit dem Fahrrad und einem Madonnenlächeln kommt sie angefahren. Sie ist eher klein, schlank, hat schöne, gepflegte Hände, duftet nach Jasmin und spricht mit weicher, fast zarter Stimme. Ihr langes mahagonibraunes Haar hat sie zu einem Zopf zusammengebunden. Darin entdecke ich eine kleine ockerfarbene Feder. Ob diese vom Rotmilan stammt und vom Fahrtwind in ihr Haar geweht wurde, frage ich mich. Aber ich finde es unangemessen, sie darauf anzusprechen.

Wir laufen die Uferpromenade entlang. Nach einem kurzen Vorgeplänkel (toller Sommer, herrliche Gegend, noch sehr warm um diese Uhrzeit, das Angebot des Du) frage ich sie, was sie neben schönen Fotos von strahlenden Menschen in Afrika denn noch dazu motiviert, im Urlaub ihr Leben im Ausland aufs Spiel zu setzen.

„Okay. Gut. Ich erzähle dir was. Aber ich muss da weit zurückgehen, ja?" Sie zwinkert mir zu, ihre Augen sind apfelgrün.

Nora ist in Hamburg aufgewachsen. Die Eltern zählen zur Elite der Hansestadt. Der Vater ein renommierter Anwalt und gewählter Abgeordneter der Hamburgischen Bürgerschaft, die Mutter Fernsehjournalistin und viel gefragte Moderatorin kultureller Events. Sie sind wohlhabend, können sich vieles leisten: Eine Villa in Hamburg-Blankenese, wo Nora aufwächst, Urlaube in exklusiven Clubs in der Karibik, Putzfrau, Gärtner, Chauffeur, Kindermädchen. Wer anspruchsvoll lebt, hat auch hohe Ansprüche an seine Kinder. Nora muss stets funktionieren. Die Eltern erwarten von ihr Bestnoten in der Schule. Klavier *muss* sie lernen. Die Eltern begutachten Noras Freundinnen, ob diese standesgemäß sind. Sie fühlt sich von Jahr zu Jahr mehr angekettet, unfrei. Ängste entstehen. Wird sie den hohen Ansprüchen genügen? Will sie überhaupt dieses elitäre Leben? Sie hat das Gefühl, das Leben einer anderen zu führen, nicht ihr eigenes. Sie darf nie selbst Entscheidungen treffen, alles ist vorgefertigt und festgelegt. Ein Dasein in der Retorte.

Eine Retorte aus Glas. Leicht zerbrechlich. Mit der Pubertät geht die Retorte dann tatsächlich entzwei. Nora macht einfach nicht mehr mit. Schwänzt den Klavierunterricht. Baut in der Schule ab. Raucht, trinkt, kifft. Kommt später als erlaubt nach Hause. Das alles sieht nach erwachendem Selbstbewusstsein aus. Ist es aber nur an der Oberfläche. Dahinter steckt eine tiefe Verunsicherung. Sie weiß nicht, ob ihr Aufstand, ihre Rebellion gut ist. Sie hat trotz des veränderten Lebens weiterhin Angst. Eine andere Angst als vorher, als sie die vielen Vorgaben der Eltern zu erfüllen hatte. Jetzt ist es die Angst, ihre Eltern zu verlieren. Weil sie mit ihr brechen werden. Die Kreise, in die sie gerät, stehen nicht auf der Liste für den Friedensnobelpreis. Ein wesentlich älterer Typ begrapscht sie, als sie in der Nähe des Hauptbahnhofs herumsitzt. Ein anderer, auch im Sankt Georg-Viertel, brüllt sie an, weil sie keine harten Drogen kaufen will. Noch ein anderer macht ihr ein unzweideutiges Angebot für Sex gegen Geld. Dazu Frauen daueralkoholisiert oder auf dem Trip, aggressiv und voller Hass gegenüber ihr, der noch so jungen und unverbrauchten Aussteigerin, in der sie sich selbst vor vielen Jahren wiedererkennen. Nora wird zum Spiegel ihres Abstiegs, ihres Lebens in der Gosse. Die Welt des Halbseidenen. Ein angsterzeugendes Umfeld.

Die Eltern sind nun wirklich richtig hart zu ihr. Wenn sie sich so verweigere, passe sie nicht in die hanseatisch-fleißige Tradition der Familie, tobt der Vater.

Du kannst nichts, du bist nichts, du wirst nichts.

Das bekommt sie oft zu hören. Und irgendwann glaubt sie es.

Es ist die Zeit, in der die Panikattacken beginnen. Atemnot, Herzrasen, Zittern. Ihren Freundinnen, die sie sich auch noch nie selbst aussuchen durfte, ist sie zu spooky, sie wenden sich von ihr ab. Von Tag zu Tag zieht sie sich mehr zurück, wie eine Schildkröte in ihren Panzer. Sie will nichts mehr mit dieser Welt zu tun haben.

„Weißt du, Philipp, ich habe mich damals oft gefragt: Wozu bist du noch in der Welt, wenn deine Eltern dich unterbuttern wollen und deine Freundinnen sich von dir abwenden. Kann ich wirklich nichts, wie meine Eltern es mir immer sagen?"

Sie streicht sich mit der Hand nachdenklich über die Stirn. Ist sichtlich mitgenommen von dem, was sie aus einem finsteren Schacht ihres Gedächtnisses hervorholt. *Du kannst nichts, du bist nichts, du wirst nichts.* Was für schreckliche Urteile! Von den Eltern ausgesprochen. Der direkte Weg in eine abgrundtiefe Lebensangst, depressive Verstimmungen, Panikattacken.

Ich gehe eine ganze Weile schweigend neben ihr her. Frage sie schließlich, wie sie aus diesem tiefen Lebensloch wieder herausgekommen ist.

„Ich habe mir", sagt sie stockend, „ein Austauschjahr an einer amerikanischen Schule erkämpft. Aber jetzt erst mal genug von mir. Erzähl du mir mal, wie du dich mit deinen Eltern verstehst."

Uff, was für eine Frage. Aber Nora weiß ja nichts von mir. Also beginne ich von meinem Vater zu erzählen. Ausführlich. Von den Wutausbrüchen, vom Vorwurf, ein *Unmöglicher* zu sein, von der Abifeier, der Flucht. Nora hört aufmerksam zu, sagt lange nichts.

„Das ist ja eine noch viel größere Distanz als bei mir zu meinem Vater." Sie ist stehen geblieben und schaut einer Schwanenfamilie zu, die auf dem See in strenger Choreographie ihre Kreise zieht.

„Du hast noch kein Wort von deiner Mutter gesagt. War sie denn ein Ausgleich zu deinem Vater?"

19

Mein Großvater baute Kälteanlagen für Metzgereien und Leichenhäuser. Seine Tochter, meine leibliche Mutter, spielte als Kind viel in der Werkstatt, versteckte sich in Kühlzellen. Das senkte ihre Körpertemperatur dauerhaft um fünf, sechs Grad. So jedenfalls habe ich mir lange Zeit zu erklären versucht, warum meine Mutter oft so unterkühlt, so seltsam emotionslos wirkt. Ihr Gesicht kennt keine Mimik. Beim Reden hebt und senkt sie die Stimme kaum. Sie hat spitze Knochen, einen schmalen Mund und ist von hagerer Gestalt. Nicht die geringste Spur eines Bauchansatzes - ich weiß gar nicht, wo ich in ihr gewohnt haben soll. Mit ihren hohen Schultern und den ungelenken Bewegungen wirkt sie wie eine Marionette ohne Schnüre. Nur das volle, geradezu üppige blonde Haar, kaum mit Gummis und Spangen zu bändigen, hebt sich ab von ihrer sonst so kargen Erscheinung.
Ich war im Bauch meiner Mutter, doch. Alte Fotos dokumentieren es. Damals sah meine Mutter richtig frisch aus, hatte einen leicht gebräunten Teint. Richtig fröhlich lachte sie in die Kamera. Die Bilder entstanden in den letzten Wochen der Schwangerschaften und jeweils nach der Entbindung. Sie hält Lou an der Hand, reibt ihre Nase an mein Näschen. Kurze Zeiten des Glücks. Gäbe es die Fotos nicht, ich würde es glatt nicht glauben! Denn ich kenne meine Mutter fast nur sehr ernst und angespannt, nervös und sorgenvoll.
Ihr Leben kennt den einen großen Knacks. Ein Knacks, als ob jemand einen Stecker gezogen hat und zack, ist die Sonne für immer weg. Sie verlor jegliche Antriebskraft und war plötzlich und für immer von einer adligen Blässe, als ob man ihr das Blut aus den Adern gepumpt habe wie

Diebe das Benzin aus dem Autotank. Nichts ging jetzt mehr bei ihr. Keine Hoffnung, kein Aufbäumen, kein wirkliches Leben mehr. War sie vorher auf der ganzen Welt zuhause: Mailand, Stockholm, Miami - lag sie jetzt nur noch apathisch im abgedunkelten Schlafzimmer herum und klagte, stöhnte, weinte. Auch wenn sie jetzt physisch immer präsent war, blieb sie für mich und Lou die, die sie vor dem Knacks auch schon war: Die *Abwesende*.

Nur noch für Einkäufe im nahen Supermarkt, zum Friseur und zum Kochen in der Küche rappelte sie sich auf. Die gemeinsamen Mahlzeiten verließ sie oft schon nach wenigen Bissen wortlos. Ihr fehlte die Kraft, sich unter Menschen aufzuhalten. Geselligkeit mied sie wie Satan den Ponyhof. Sie war bei einer Psychologin, mehreren Psychiatern, auch mal drei Monate in einer Klinik, nahm Medikamente, suchte eine Homöopathin und einen Schamanen auf – um dann für immer zu resignieren. Nichts half gegen ihre Depressionen, ihre Niedergeschlagenheit. Sie war ein geknicktes Rohr, das am Zerbrechen war, ein glimmender Docht, der vor dem Auslöschen stand.

Der berufliche Knacks war der Anlass für die Depressionen, für ihr Daniederliegen. Er bestand in einer *Nieder-Lage*. Passiert ist es, als ich acht oder neun war. Diesen Knacks versteht man nur, wenn man ihr Leben vor dem Knacks kennt. Sie war ein extrem ehrgeiziger Mensch. Sie wollte nicht, in der Nachfolge ihres Vaters, Leichenhäuser mit Kühlzellen ausstatten. In diesem Gewerbe gab es zu wenig finanzielles Potenzial. Auch kein Ansehen, das über die Grenzen von Stadt und Landkreis hinausreicht. Man blieb ein der örtliches Unternehmen, mehr nicht. Die Firma des Vaters übernahm ihr Bruder. Das Ziel meiner Mutter war es, reich und mächtig und prominent zu werden. Das sagte sie nicht so klar. Aber sie verhielt sich so. Sie war eine Getriebene ihres Ehrgeizes. Ein Leben im Teilchenbeschleuniger. Sie wollte ihren Eltern, den anderen Verwandten, der Nachbarschaft irgendetwas zeigen. Dass sie über sie alle hinauswuchs vielleicht. Dass man in der ganzen Welt nach ihren Qualitäten fragte. Dass die Provinz zu klein war für einen so großen, weiten Geist wie sie. Dem ordnete sie alles andere unter: Freundschaften, Familie, Freizeit. Heute würde ich sagen: Sie wurde zum Opfer ihres Ehrgeizes.

In der schwäbischen Kleinstadt, in der sie aufgewachsen war, hielt sie es nicht länger als bis zum Abitur aus. So verwinkelt die mittelalterlichen Gassen, so engstirnig empfand sie die Menschen dort. Für ihre Eltern war es das Wichtigste, wahrgenommen zu werden und zur Lokalprominenz zu gehören. Zwei, drei Mal im Jahr im Schwäbischen Boten zu stehen, der Vater als stellvertretender Vorsitzender der Kreishandwerkerschaft, die Mutter wegen ihrer Uhrensammlung - das brachte anerkennende Blicke beim Sportfest, beim Einkaufen und beim Promenieren im Stadtpark. Dazu gehörte natürlich der Daimler. Möglichst immer das neueste Modell, mit dem man sonntags auf die Alb zum Wandern und dann zum Essen in den Ratskeller fuhr. Parken auf dem Marktplatz. Man konnte sich sehen lassen. Den Kopf trugen meine Großeltern bei solchen Anlässen immer drei Zentimeter höher. Die anderen Leute sprachen bewundernd oder neidisch über einen, und das war der Sinn des Lebens. Mir ist das von Ferienaufenthalt zu Ferienaufenthalt immer deutlicher geworden. Meine Mutter, so sehr sie sich mit Worten von ihrer Heimat abgrenzte, saß genau im gleichen Karussell der Eitelkeiten. Nur dass sie eine Etage höher ihre Runden flog. Direkt unter dem Karusselldach, dort, wo man bei zu starken Bewegungen gegen die Decke knallt und tief abstürzt.

Nach dem Abitur studierte sie Betriebswirtschaftslehre. Zuerst in München und Mannheim, dann in New York an der Columbia University. Sie schloss ihr Studium mit einem amerikanischen und einem deutschen Doktortitel ab. Gejagt von dem Willen zur Macht, schlug sie wie ein Hase auf der Treibjagd Haken, arbeitete mal hier ein halbes Jahr, mal dort. Mit jeder Stelle erhöhten sich ihr Gehalt und die Zahl der Mitarbeitenden, die sie *unter sich* hatte. So kämpfte sie sich in die männerdominierten Führungsebenen mittlerer und dann großer Firmen vor. Als sie die erste Frau im Vorstand der Kreditanstalt für Anlagenbau war, hatte sie einen Höhepunkt ihrer Laufbahn erreicht. Im Schwäbischen Boten erschien im Wirtschaftsteil eine ganze Seite über sie. Man nannte sie darin die *Tochter der Stadt*. Ihr Vater legte ihr stolz den Artikel hin. Doch sie zog aus ihrer cherryroten Prada-Handtasche das Handelsblatt, die Frankfurter Allgemeine und die Süddeutsche hervor. Auch dort schrieb man im Wirtschaftsteil über sie. Zwar deutlich kleinere Artikel. Aber Flugbegleiter der Lufthansa legten diese Zeitungen Ministern und Konzernvorständen in der First Class diskret auf den Tisch. Hinsichtlich der Karriere lief also alles nach Plan.

Meine Mutter funktionierte wie ein Uhrwerk. So eins von Rolex, Omega oder Breitling. Präzise, stabil, zuverlässig. Pünktlichkeit war ihr so wichtig wie anderen das Atmen. Ein Tick, vielleicht ein Erbe ihrer tickenden Kindheit. Ihre Mutter sammelte Stand- und Wanduhren. Wenn ich als Kind bei meiner Großmutter war, tickerte und tuckerte und tackerte es ununterbrochen im ganzen Haus. Die einzelnen Uhren gaben ihre Herzschläge versetzt von sich, sodass es ein zittriger Dauerton war, ein nervöses Geticke, zu jeder vollen Stunde verstärkt mit rufenden Kuckucks, die psychopathisch aus schwarzbraun lackierten

Schwarzwälder Holzhäuschen hervorschnellten. Meine Mutter hat dieses Geticke die ganze Kindheit und Jugend über ertragen. Da bleiben Schäden, psychotische Spurenelemente. Unpünktlichkeit konnte sie jedenfalls nicht ausstehen, im Beruf nicht und schon gar nicht im privaten Umfeld.

Wenn sie einmal zuhause war, gab es die Mahlzeiten immer zu exakten Zeiten. Zu denen hatte man sich ohne eine Aufforderung im Wohnzimmer einzufinden. Lou und ich mussten dann die in der Küche zubereiteten und dampfenden Speisen von der Durchreiche in einer exakten Anordnung auf dem großen Glastisch platzieren. Als Kinder sahen wir unablässig auf die Uhr. Ja nicht zu spät kommen! Und wehe, unser Vater war nicht rechtzeitig mit dem Putzen ihrer Schuhe fertig! Dann tickte die Uhr besonders laut. Kam er auch nur zwei Minuten zu spät, war Matthäi am Letzten, der Weltuntergang stand bevor. Wütende Blicke, stumpfes Schweigen zweier Tick-Täter. Oder waren meine Eltern Tick-Opfer? Opfer von Uhren und Schuhen? Lou und ich passten uns in solchen Stummfehden der Eltern der bleiernen Stimmung an. Wie Fledermäuse an die Dunkelheit mit ihrem Ortungssystem via Echo. Wir löffelten wortlos unsere Graupensuppe und registrierten die Schallwellen zwischen unseren Eltern: Ab und an die Stille unterbrechende Seufzer oder abfällige Laute über das unmögliche Sosein des jeweils anderen. Meine Mutter war an solchen Tagen gleich doppelt genervt. Das Essen begann unpünktlich (das war schon ab zwei Minuten Verspätung für sie so), und das Schuheputzen meines Vaters brachte sie an den Rand des Wahnsinns. Sie war dann gereizt gegenüber jedem am Tisch und nicht in der Lage, sich in den anderen einzufühlen und ihm eine Chance zu geben, sich zu erklären. Wir Kinder und mein Vater begaben uns in die gleiche Haltung. So saß in unserer Familie jeder in seiner eigenen Burg fest, von dicken Mauern umgrenzt. Ab und zu flog ein Wurfgeschoss von einer Burg zur anderen, zum Feind, zu dem wir uns alle gegenseitig machten, weil keiner den Mut aufbrachte, seine eigenen Mauern einzureißen. Keiner schaffte es, zur Nachbarburg zu gehen und zu fragen, wie es denn in ihrem Inneren ausschaue.

Ab und zu gab es auch gesprächige und halbwegs harmonische Essen. Das war dann, wenn alle pünktlich waren und mein Vater sich über seine schwierigen Kunden gegenüber meiner Mutter ausließ. Sie wiederum erzählte vor ihrem Knacks von Mailand, Stockholm oder Miami. Das Mondäne war ihr Zuhause, gab ihr Glanz und Gewicht. Wir Kinder steuerten wenig bei, hörten den Eltern aber aufmerksam zu. Wenigstens ein Blick von außen auf ihre Burgmauern.

Wenn meine Mutter einmal zuhause war. Das kam selten vor. Sie, die Getriebene, schob Lou und mich über Jahre hinweg an Babysitterinnen, Kindermädchen oder Schulhorte ab. Mein Vater fühlte sich, obwohl in unserer Kindheit selbst Lehrer, für uns und unsere Schulleistungen nicht zuständig. Häufig waren wir Kinder uns selbst überlassen. Meine Mutter in Miami, mein Vater im Kunstverein. Das war dann die Zeit schlimmer Streite zwischen Lou und mir. Von denen bekamen unsere Eltern oft nichts mit. Aber auch Vorteile hatte dieses frühe Aufsichgestelltsein. Ich lernte lange vor meinen Mitschülern, mich selbstständig zu organisieren, mir meine Monatskarte für den Bus zu kaufen oder mir mittags ein paar Spiegeleier mit Speck zu braten. Daraus erwuchs auch ein wenig Selbstbewusstsein, das aber mein Vater in Wuträuschen schnell mit Sätzen wie *DU kannst nichts* demontierte. Selbstzweifel wuchsen bei mir wie

Giersch, mein Selbstbewusstsein dagegen war ein Ros im kalten Winter.

Manchmal war meine Mutter vier Wochen am Stück dienstlich unterwegs. Kaum ein Anruf von ihr. Sie schwand aus meinem Denken, war kein Anlaufpunkt für meine Sorgen. Über die Wutausbrüche meines Vaters, die mich so belasteten, konnte ich gar nicht mit ihr sprechen. Einmal habe ich es versucht. Ob ich etwa meinen Vater bei ihr schlecht machen wolle, fragte sich mich und das in einem Ton, der mich erstarren ließ wie Lots Frau.

Ich hatte eine Mutter, keine Mama.

Dann kam die Intrige. Mit ihr hörte das Karriere-Uhrwerk in meiner - in dieser Hinsicht - perfekt funktionierenden Mutter einfach auf zu schlagen. So genau kann ich gar nicht sagen, was eigentlich passiert ist. Meine Mutter kehrte aus Frankfurt am Main zurück. Ihr Blick war der einer Schlafwandlerin. Sie zog die Pumps nicht aus, schloss sich ins Schlafzimmer ein und weinte drei Tage durch. Die Artikel im Internet über die Vorfälle in jener Vorstandssitzung sind vage. Die Männer im Vorstand, also alle anderen Vorstandsmitglieder, dazu der komplette Aufsichtsrat der Kreditanstalt für Anlagenbau warfen ihr Unfähigkeit, schlechtes Projektmanagement und verfehlte Personalpolitik in ihren Abteilungen vor. Auch lägen in dem von ihr zu verantwortenden Bereich tiefrote Zahlen vor. Sie habe versucht, das zu verdecken. Wie ich später erfuhr, hatte man auch einen Privatdetektiv auf sie angesetzt. Der lieferte Belege, sie habe Betriebsgeheimnisse an die Konkurrenz verraten. Nicht nur dass sie fristlos entlassen wurde, man stellte auch Strafanzeige gegen sie. Der Vorstand handelte nach dem Motto *aliquid haeret*, irgendetwas bleibt hängen.

Stillschweigend zog man später die Strafanzeige zurück, weil gegenstandslos. Aber da war meine Mutter schon längst erledigt und Bewohnerin der Dunkelkammer. Man hatte sie ausgetrickst. Fertig gemacht.

Berufliche Knackse bei meiner Mutter und meinem Vater. Allerdings muss man die beiden Knackse voneinander abgrenzen, unterscheiden. Meine Mutter hat sich in ihrer beruflichen Rolle oft zerrissen gefühlt. Sie hat sich nicht nur selbst verwirklicht, und wir Kinder waren ihr auch nicht egal. Sie sprach darüber einfach nur so gut wie nie. Aber sie schrieb Tagebuch. Ja, diese moderne, um die Welt jettende Geschäftsfrau nahm sich die Zeit, am Abend ihre Gedanken handschriftlich einem Büchlein anzuvertrauen. Kurz vor meinem Abitur fand ich es, als sie mich aus der Stadt anrief und bat, irgendein Medikament in ihrem Nachtschrank zu suchen. Sie brauchte den Namen und die Stärke der Tabletten für eine Behandlung. Ich konnte dem Drang nicht widerstehen, in das Tagebuch hineinzuschauen. Da fand ich sie, die seitenweisen Auseinandersetzungen mit dem schlechten Gewissen, das sie wegen uns Kindern so schrecklich gequält hatte. Ihre ständige Abwesenheit, das Nichtfürunsdasein. Auch den Hinweis auf ein Ereignis entdeckte ich, das meine Eltern kein einziges Mal mir gegenüber erwähnt haben: Die Fehlgeburt eines dritten Kindes, nur gut ein Jahr nach meiner Geburt. Danach hat sich meine Mutter umso mehr in die Arbeit gestürzt, wahrscheinlich auch um den Schmerz über den Verlust des Kindes zu verdrängen. Das Tagebuch deutet auch an, wie wenig Trost und Hilfe ihr in dieser Lebensphase der Ehemann war. Mein Vater, der sie nie wirklich in den Arm nahm, weil er es selbst nie gelernt hatte. Der letzte Eintrag ins Tagebuch datiert in der Zeit kurz vor dem beruflichen Zusammenbruch. In der Dunkelkammer führte sie es nicht mehr weiter.

Nur noch einmal kam die Sonne ins Leben meiner Mutter. Die Sonne steckte in einem Panzer und schaute mit ihrem weichen Hals ab und zu neugierig in die Welt des Löwenzahns. Franziska hieß sie, unsere Schildkröte. Eigentlich hatten sie meine Großeltern aus Schwaben Lou zum Geburtstag geschenkt. Doch wie das mit Kindern und Haustieren so ist. Am Anfang Riesenbegeisterung, und nach zwei Monaten hungern die Chinchillas sich die Bauchhaut weg und die Hansis fallen vor Trauer über ihre achtlosen Jungbesitzer von der Stange. Bei uns war das nicht anders, und so ging Franziska unbemerkt in den Besitz meiner Mutter über. Das Tier lebte nachts und an kalten Tagen im Terrarium, das mit einer Infrarotlampe ausgestattet war. Das Licht dieser Lampe tauchte das sonst so finstere Schlafzimmer meiner Mutter an einer Stelle in ein warmes Licht. Im Sommer lebte Franziska tagsüber im Freigehege im Garten. Ein Drahtzaun und eine Plane schützte sie gegen Waschbären, Füchse und Stürme. Doch eines Tages grub sich Franziska unter dem Zaun durch. Sie verschwand spurlos. Meine Mutter durchsuchte jeden Winkel unseres überschaubaren Gartens. Der bestand nur aus dürrem weißlichem Rasen und einer Reihe von dichtbuschigen kegelförmigen Buchsbäumen. Meine Mutter hatte diese Bäume im exakten Abstand von drei Metern zum Grundstück des Nachbarn gepflanzt. Der spartanische Garten war ansonsten Sache meines Vaters. Mit Heckenschere und Spindelmäher rückte er abstehenden Buchsbaumzweigen oder dem Rasen vehement zu Leibe. Nur kein Wildwuchs! Tod dem Unkraut! Obwohl Rasen und Bäume wuchsen, war es ein toter Garten. Wie meine Mutter: Obwohl sie biologisch lebte, war sie nach dem Knacks innerlich abgestorben. Erst recht nach Franziskas Verschwinden. Sie hoffte auf die Rückkehr der Schildkröte, vergebens.

Das Angebot meines Vaters, ihr eine andere Schildkröte zu besorgen, lehnte sie hysterisch ab. Eine Franziska könne man nicht ersetzen! Als einige Wochen später Transporter mit polnischen Kennzeichen durch die Straßen fuhren und nach brauchbarem Sperrmüll am Straßenrand suchten, stellte sie das Terrarium einfach raus. Mit der Infrarotlampe. Im Schlafzimmer war nichts Warmes mehr. Nur noch Finsternis.

20

„Deine Mutter konnte also die Strenge deines Vaters nicht kompensieren." Ich sitze jetzt mit Nora auf einer Bank und beobachte ein einsames Segelboot. Sie hat Recht, meine Mutter war zu wenig präsent, um die Angriffe meines Vaters abzufangen. Der stressige Job, da brauchte sie nicht noch zusätzliche Probleme in der Familie. Darum hat sie mich abgebügelt, als ich mit ihr über die Wutausbrüche meines Vaters sprechen wollte. Später war sie durch den Knacks nicht in der Lage, für andere Empathie zu empfinden. Ihre ganze Kraft verwendete sie nur noch darauf, die Tage irgendwie zu überstehen. Sie ist seit dem Knacks psychisch schwer und, so befürchte ich, unheilbar krank. Für eine Nierentransplantation scheidet sie allein schon deswegen aus.

„Jetzt erzähl du aber mal. Wie hast du dir das Austauschjahr an der amerikanischen Schule erkämpft?" Nora erlebt bei ihrer Gastfamilie in Nebraska völlig andere soziale Verhältnisse als sie sie bis dahin kennt. Die Gegenwelt zum Blankenese-Leben. Der Gastvater ist Nachtportier und die Gastmutter Krankenschwester in Teilzeit. In den ersten Tagen des Monats brauchen sie ihre kargen Gehälter für sich und die vier Kinder plus Gastkind Nora komplett auf. Kreditkarte hier, Kreditkarte da. Und ratsch, ist das Konto leer. Dann kommt die Hüpfburg ins Spiel. Die haben sie über einen Verwandten günstig erworben, mit Autoanhänger zum Transportieren. Die ganze Familie zieht über die Dörfer und Städte und baut die Burg auf. *Jumping one buck for ten minutes, have a lot of fun!* Am Abend dann der Kassensturz. *Yeah, let's eat chicken wings and drink some coke!* Diese Familie hat zwar wenig Geld, ist aber meist glücklich, weil ihre Mitglieder miteinander harmonisch leben. Sie sehen das Leben entspannt, trotz der prekären Finanzsituation. Was Nora in Nebraska kennenlernt: Sie ist Teil eines Teams, des Hüpfburg-Teams. Ein Team, das etwas *kann*! Sogar das Allerwichtigste, den Kampf ums tägliche Überleben, gewinnt dieses Team.

Auch viele Obdachlose, zahnlos, verwahrlost, sieht sie jetzt. Vorher nahm sie sie gar nicht wahr. Hat durch sie hindurchgeschaut als wären sie Fensterglas. Jetzt spricht sie mit ihnen, hört sich ihre gebrochenen Biografien an. Keiner von ihnen hat eine Krankenversicherung. Aber alle haben irgendwelche chronischen Leiden. Bei diesen Gesprächen entsteht bei Nora der Wunsch, Medizin zu studieren. Ihr ist klar, sie muss sich dafür in der Schule wesentlich steigern, zur alten Form wieder auflaufen. Aber die Motivation ist nun da. Nicht von außen, von den Eltern, kommt sie jetzt, sondern aus ihr selbst heraus. Sie will denen helfen, durch die andere hindurchschauen. So wie sie es selbst bis vor Kurzem noch getan hat.

Die Hüpfburg, der Überlebenskampf, die Gespräche mit den Obdachlosen justieren ihr Leben neu. In Sankt Georg am Hamburger Hauptbahnhof, wo sie sich monatelang vor ihrem Austauschjahr herumgetrieben hat, ist sie auch schon mit dem Elend konfrontiert gewesen. Stricher, Prostituierte, Junkies, Bettler, Obdachlose ... Aber sie hat sie nicht wahrgenommen, höchstens als Bedrohung. Warum? Weil sie sich um sich selbst gedreht hat. Voller Selbstmitleid und Anklage gegen ihre Eltern, die sie bevormunden. In Nebraska muss sie mit anpacken, hat gar keine Zeit, wehleidig zu sein und mit ihren Sorgen gemeinsam den Sirtaki um das eigene Ego zu tanzen. Noch in Nebraska stellt sie fest, dass sich die Panikattacken aus ihrem Leben davongeschlichen haben wie die Panzerknacker aus der Bank von Entenhausen.

Stattdessen hat sie jetzt eine Vision: Der medizinische Einsatz für die Menschen aus Fensterglas, für die, um die andere einen Bogen machen. Nach dem Jahr in den USA geht sie noch zwei Jahre in Hamburg aufs Gymnasium und schließt ihr Abitur mit glänzenden Noten ab. Der Weg zum Medizinstudium ist frei. Sie geht bewusst nach München. Möglichst weit weg von ihren Eltern, ihren früheren Freundinnen und den Grapschern in Sankt Georg. Mit den Eltern hat sie sich bis heute nicht wirklich versöhnt. *Du kannst nichts, du bist nichts, du wirst nichts.* Manche schlimmen Sätze lassen sich mit keinem Lasso der Welt wieder einfangen. Bei der Abiturfeier hat sie der Schulleiter für den besten Abschluss gelobt. Sie steht vorne auf der Bühne der Aula, Applaus brandet auf. Sie schaut irgendwo hin in den Saal. Nur nicht den stolzen Augen der Eltern begegnen, sagt sie sich immer wieder. Das gute Zeugnis geht nicht auf das Konto der Hamburg-Eltern. Sie hat es den Nebraska-Eltern zu verdanken. Und sich selbst.

„Nächste Woche fahre ich seit Langem mal wieder zu meinen Eltern. Mal sehen. Sie sind jetzt alte Leute, da verzeiht man leichter", sagt sie zu Philipp.

Das Jahr in den USA ist der Wendepunkt im Leben von Nora. Sie hat dort wieder Vertrauen in sich selbst gefasst. Vertrauen, etwas zu können. Der Auf- und Abbau einer Hüpfburg und das Interesse am Leben von Obdachlosen markieren eine biografische Wende. Sie dreht sich nicht mehr um sich selbst, hat einen anderen Zugang zu ihrem Selbstwertgefühl gefunden.

„Ich mache mich nicht mehr davon abhängig, was *andere* mir zutrauen, sondern was *ich* mir zutraue."

Seit Nebraska füllt sie ihr Leben mit Zutrauen wie der Imker nach dem Schleudern die Gläser mit Honig. Schon als Studentin, aber auch noch heute fährt sie ehrenamtlich für einen Münchner Verein Suppe und Tee für Obdachlose aus. Ihre Urlaube stellt sie zum großen Teil in den Dienst von *Ärzte ohne Grenzen*. Sie tut das, weil sie gelernt hat, sich etwas zuzutrauen und zuzumuten. Wenn sie von Einsätzen zurückkommt, ist ihr Urlaubskonto leer, aber das Herz voll.

„Hast du eigentlich noch Geschwister, Philipp? Waren denn sie eine Stütze für dich?"

21

Meine Schwester Lou habe ich bisher kaum erwähnt. Noras Frage bringt mich zum Nachdenken. Wenn ich mich von meinen Eltern so weit entfernt habe wie es Venus und Jupiter von der Erde sind, dann lebt meine Schwester für mich in einer anderen Galaxie. Seit fünf Jahren, also seit der Flucht habe ich nichts mehr von ihr gehört. Ich weiß nicht mal, wo sie wohnt, was sie macht. Vielleicht ist sie schon Mutter. Sie ist drei Jahre älter als ich. Ich war sechzehn, als wir unausgesprochen einen Pakt beschlossen: Nicht mehr miteinander reden. Wir gingen aneinander vorbei als gäbe es den anderen nicht. Das klappte auch deswegen, weil Lou nach ihrem Abitur zum Studium nach Göttingen zog. Biochemie. Sie kam nur noch in den Semesterferien und an Weihnachten nach Hause.

Schreckliche Weihnachten waren das die beiden Male, an denen wir in dieser Konstellation feierten. Mein Vater brachte eine ziemlich kahle Fichte mit. Mal wieder hatte er erst auf den letzten Drücker an den Weihnachtsbaum gedacht. Er montierte ihn in einen altmodischen Ständer, dessen Flügelschrauben er mit großem Kraftaufwand in das vom Regen durchweichte Holz drehte. Keuchend und schwitzend lag er dabei auf dem Boden. Aus dem Keller holte er die staubigen Kisten mit Weihnachtsschmuck, stellte sie auf den Wohnzimmertisch und gab mit einem lauten *Es ist so weit!* den Einsatzbefehl zum Baumschmücken. Lou und ich belauerten uns an unseren Zimmertüren. Wer zuerst runterging, schmückte den Baum, der andere blieb in seinem Zimmer. Keiner von uns beiden hatte Bock auf Schmücken. Schon gar nicht gemeinsam wollten wir das tun. Das hätte wieder Streit gegeben. Streit stand aber auch in Aussicht, wenn wir es alleine taten. Mein Vater würde mit Sicherheit etwas finden, über das er sich auslassen konnte.

War unser Haus schon immer ein Hort von Beklemmungen, kam das an solchen Tagen besonders stark zum Vorschein. Meine Mutter hatte ihr Revier in der Küche, wo sie mit letzter psychischer und physischer Kraft eine Ente zubereitete. Bestrichen mit einer Honig-Sahne-Sauce, schob sie sie in den Ofen. Dann brauchte sie Ruhe, tauchte in die Dunkelkammer ab. Ein Küchenwecker erinnerte sie alle halbe Stunde daran, nach dem Zustand der Ente zu schauen. Den gemeinsamen Kirchgang hatten wir vor Jahren abgeschafft. Einfach zu viel Stress, seit dem Knacks - vor allem für meine Mutter. Zur Bescherung legten wir jeder drei Päckchen unter den Baum. Von meiner Schwester bekam ich immer Marzipanschokolade, sie von mir Marshmallows. Wir schenkten uns etwas, obwohl wir uns nicht leiden mochten. Das krampfhafte Festhalten an leergewordenen Ritualen. Aber war das an Weihnachten nicht in vielen Familien so?

Beim Essen lief im Hintergrund der Fernseher. Die Christvesper aus einer Backsteinkirche in Schleswig-Holstein. Wir alle wussten, warum der Fernseher an war: Um die peinliche Stille in einer Familie zu überbrücken, in der man sich wenig bis gar nichts zu sagen hatte. Der Form halber oder auch weil er sich wirklich dafür interessierte, bemühte sich mein Vater um ein bisschen Gespräch. Wie es denn so im Studium laufe, fragte er Lou. Sie sprach über ihre Chemiekurse, über anorganische Verbindungen, Kernfusion, Kernschmelze. In unserer Familie verschmolz nichts. Sie war eine anorganische Verbindung, existierte zwar, lebte aber nicht. Lou sprach in Gleichnissen, ohne es zu merken.

Ehrlicher wäre es gewesen, Heiligabend abzusagen. Dieses Beklemmende, so furchtbar und quälend. Mit Restritualen übertünchten wir die Risse in der Familie. Aber da kann man noch so viel Tünchen: Die Risse führen trotzdem irgendwann zum Einsturz. Wir hofften insgeheim, wie vor zweitausend Jahren möge ein Wunder geschehen. Der Heiland kommt herein und sagt: „Nun ist aber mal gut, seid einfach mal nett zueinander." Irgendwo ganz hinten im Kopf waren Erinnerungen an gar nicht so üble Kinderweihnachten. Mit einer Babyborn für Lou und einem roten Plastikbagger für mich. Wie haben wir beide damals gejubelt! Wir waren zu viert, hatten Zeit miteinander und auch ein bisschen füreinander. Vieles hat damals geleuchtet: Der Weihnachtsbaum, die Herzen, die Augen. Jetzt gab an diesem Weihnachtsabend auch noch die elektrische Lichterkette ihren Geist auf. Ein dunkler Weihnachtsbaum und verdrießliche Gesichter. Wir alle schauten klammheimlich auf die Uhr, wann der Spuk denn endlich vorbei sei. Das mit Weihnachten und unserer Familie konnte nichts mehr werden. Wir waren einfach nur zu feige, uns das offen einzugestehen.

Warum haben sich Lou und ich so entzweit? Wir beide litten unter unseren Eltern, waren unsicher, verängstigt. Die Voraussetzungen waren gut, ein starkes Team *gegen* unsere Eltern zu bilden. Geschwister mit schwierigen, psychisch lädierten Eltern, die den Schulterschluss suchen. Die sich gegenseitig bestärken. Wir waren doch beide, um ein Wort Rilkes aufzugreifen, *angstallein*.

Trotzdem fanden wir nicht zueinander. Ganz im Gegenteil. Lou und ich, wir versuchten beide jeder für sich zu bestehen. Die Streite zwischen uns waren dazu eine wichtige Stütze. Die Eltern gängelten, unterdrückten, übersahen uns. Also suchten wir jemanden, den wir unsererseits besiegten und kleinmachten. Ich tat das mit

Lou. Und Lou tat das mit mir. Sie - als die drei Jahre Ältere - war reifer im Diskutieren und meist stärker beim Haareausreißen, Armumdrehen, Kratzen. Heute denke ich mir, wir haben uns nicht entfremdet *obwohl*, sondern *weil* wir gemeinsam unter schwierigen Eltern litten.

Stopp, das muss ich einschränken! Meine Schwester litt unter meinem Vater weniger als ich. Das machte sich vor allem an den Streiten bemerkbar, bei denen sich mein Vater einmischte. Er nahm dann immer Partei für Lou. Keine Beweisaufnahme, keine Verhöre. Ihr glaubte er einfach mehr. Weil sie die Ältere war? Weil es eine besondere Beziehung zwischen Töchtern und Vätern gibt? Ein Beschützerinstinkt? Ich weiß es nicht. Es war einfach so. Zwischen Lou und mir gab es viele kleine Gefechte und Scharmützel, aber auch heftige Streitigkeiten und offene Kriege. Vor allem gab es die beiden *Bitterstreite*. Sie vergifteten unsere Beziehung. So wie Moses das Wasser des Nils mit seinem Stab in Blut verwandelte und ungenießbar machte.

22

Bei dem einen Bitterstreit ging es um meine beiden
Äffchen. Zwei kleine Affen mit Knopf im Ohr, Webpelz und
Kulleraugen aus Kunststoff. Der eine grau, der andere
dunkelbraun. Sie waren meine Vertrauten, meine
Sorgenhörer, meine Kuschelfreunde. Mit ihnen baute ich
vor dem Einschlafen Wohnungen unter der Bettdecke.
Besprach mit ihnen alles, was mich umtrieb. Eines Tages
waren sie plötzlich weg. Am angestammten Platz auf der
Überdecke saßen sie nicht. Auch waren sie nicht vom Bett
heruntergefallen. Nicht auf dem Schreibtisch, wo sie die
Haushaltshilfe (die wir hatten, weil meine Mutter so viel
unterwegs war) vielleicht wegen Neubezugs des Betts
hingelegt hatte. Nirgends. Einfach weg! Ich war so sechs,
sieben Jahre alt. Ein Leben ohne meine Äffchen ging
einfach nicht. Verzweifelt suchte ich das Haus ab, ohne
eine Ahnung zu haben, ob das überhaupt Sinn machte.
Dann fiel mir ein: Am Nachmittag hatte ich einen Streit mit
meiner Schwester gehabt. Es ging um eine Lappalie, einen
Spitzer, den ich mir aus ihrem Zimmer geborgt hatte, ohne
sie zu fragen. Okay, das war ein Fehler. Aber ein
unabsichtlicher. Sie war nicht da, ich brauchte einen
Spitzer. Ihn zurückzubringen, hatte ich nur vergessen. Sie
suchte ihn dann wohl einige Zeit, fand ihn schließlich auf
meinem Schreibtisch. Wir zofften uns, und ich hätte
einsichtiger sein können. Sehe ich ein. Aber das
rechtfertigt nicht, was sie dann tat. Es gibt ja wohl noch
einen Unterschied zwischen einem x-beliebigen Spitzer
und zwei Äffchen, die mir Seelenvertraute waren. Ich ging
davon aus, sie wusste genau, wie wichtig mir die Äffchen
waren. Neben unserem Haus, dort wo zwischen Hauswand
und Garage ein schmaler Gang zum Garten führt, standen

am Eingang zur Rasenfläche zwei aus Lärchenholzlatten gebaute, oben offene Kompostbehälter. Einer zum Anlagern und einer zum Umsetzen des aus Kaffeefiltern, Kartoffelschalen und gemähtem Gras gebildeten Dung. Dort fand ich sie. Meine Äffchen. Im Mist liegend und von glitschigen Regenwürmern überzogen.

Das. War. Sehr. Verletzend.

Eine entsetzliche Wut stieg in mir hoch. Ich war ein Schnellkochtopf, dem man bei höchstem Druck den Deckel abreißt. Ich vergaß, die Äffchen an mich zu nehmen, stürzte ins Haus, die Treppe hoch. Dort packte ich die an ihrem Schreibtisch sitzende Lou, ohne sie auch nur mit einem Wort zu warnen, von hinten an ihrem Pferdeschwanz. Ich riss sie zu Boden und verkeilte meine Faust immer wieder mit Schlägen in ihren Bauch. An meinen Vater dachte ich gar nicht. Es war der blanke Selbsterhaltungstrieb. Die Äffchen waren ein Teil meines Lebens, ein ganz wichtiger. Ein Teil von mir selbst. Aggressiv zu sein, fiel mir, der ich sonst so mutlos und zurückhaltend war, in diesem Augenblick erstaunlich leicht. Das ganze Haus war schon immer durchwabert von Anspannung, Aggression, Disharmonie. Das alles drang jetzt in alle meine Poren und raubte mir jegliche Kontrolle ... Lou schrie entsetzlich, schlug zurück. Wir müssen fürchterlich laut gewesen sein. Einem Hafenkran gleich zog mich dann eine mächtige Pranke hoch. Die Pranke verfrachtete mich in mein Zimmer, warf mich aufs Bett. Über mir Augen wie von Dracula. Aus dem Hals rotblau hervortretende Adern. Ein verzerrter Mund, der mir entgegenbrüllte, ob ich jetzt völlig verrückt geworden sei. Erst jetzt realisierte ich, dass Pranke, Augen, Adern und Mund meinem Vater gehörten.

„Sie hat meine Äffchen …"

„Halt deinen dummen Mund!" Er trat gegen den Holzrahmen des Bettes. Ihn interessierte nicht die Ursache des Streits. Nur mich klagte er an! Nur mich strafte er mit Zimmerarrest ab! So lagen meine Äffchen noch weitere zwei Tage auf dem Mist. Ein Gewitter ging nieder und ich fürchtete um ihr Leben. Als ich sie endlich vom Misthaufen holen konnte, stanken sie wie ranzige Butter. Das graue Äffchen war an der Seite aufgerissen und Futter quoll hervor. Es war so verletzt am Leib wie ich es in der Seele war. Als meine Mutter ein paar Tage später zwischen Mailand und Miami bei uns vorbeischaute, erzählte ich ihr das Malheur. Wenigstens nähte sie das lädierte Äffchen zusammen und badete beide in Lavendelschaum. Wie eine Mama dieses Mal!

Der andere schlimme Bitterstreit ereignete sich bei einem unserer ganz wenigen gemeinsamen Urlaube. Ich will gar keine Details mehr erzählen, das regt mich wieder so dermaßen auf. Nur so viel: Wir wanderten in Südtirol zu einer Hütte auf einen Berg. Die Sonne knallte vom Himmel. Hinter der Hütte gab es einen kleinen Teich. In einem unbeobachteten Augenblick stahl ich mich davon. Meine Eltern wähnten mich auf dem seitlich der Hütte gelegenen Spielplatz. Es war so heiß, zusätzlich schwitzte ich von dem anstrengenden Aufstieg. Ich war ganz allein an dem Teich. Ohne groß nachzudenken, zog ich meine Kleider aus und sprang nur kurz in das eiskalte Wasser. Ich war so zehn Jahre alt, Lou dreizehn. Wenn ich heute ganz weitherzig denke, schreibe ich es ihrer Pubertät zu. Sie hat mir damals jedenfalls heimlich die Kleider geklaut und sie in einem Schuppen versteckt, während ich badete. Nackt musste ich zur Hütte vorrennen, meine Eltern rufen. Sie kamen mir schon entgegen und schimpften ohnehin, weil ich mich abgesetzt hatte. Andere Kinder und erwachsene

Hüttenbesucher sahen mich. Sie lachten über mich, als ich nackt über die Pfade huschte und endlich die Kleider fand.

Das. War. Sehr. Demütigend.

Lou verriet sich mit ihrem schadenfrohen Lachen. Sie konnte es einfach nicht unterdrücken. Obwohl mein Vater danebenstand, stürzte ich mich auf sie und drosch aus Wut und Scham und Verzweiflung auf sie ein. Sie machte den sterbenden Schwan, weinte hysterisch. Mein Vater packte mich, trieb mich wie einen Ochsen beim Almabtrieb vor sich her ins Tal und sperrte mich für den Rest des Urlaubs im Hotelzimmer ein.
Diese beiden Bitterstreite haben etwas in mir zerbrochen. Das eine Mal hat mir Lou meine Vertrauten, die Äffchen, gestohlen, sie *ausgemistet.* Das andere Mal hat sie mich gedemütigt, meine intimen Gefühle verletzt, mich *beschämt.* Nach diesen beiden Bitterstreiten war sie meine Feindin. Eine, die meine tiefsten Gefühle mutwillig verletzte. So erschien es mir jedenfalls. Lou und ich entfernten uns wie zwei Wanderer auf einem Gipfel, die in entgegengesetzter Richtung absteigen. Sind wir im Tal angekommen, trennt uns der Berg. Ich denke an Rilkes Gedicht, *angstallein,* an die vertane Chance, mit Lou gemeinsam einen Weg zu finden, die Kindheit freudiger, erträglicher zu gestalten. Auch Lou hat unter der sterilen Atmosphäre bei uns gelitten, durfte nie Freundinnen nach Hause einladen, war auf ihre Weise einsam:

Wir sind ganz angstallein,
haben nur aneinander Halt,
jedes Wort wird wie ein Wald
vor unserm Wandern sein.

Mit jedem Streit, jedem Wortgefecht wuchs der Wald zwischen uns. Wir gingen mehr und mehr getrennt unsere Leben. Die wenigen Pfade, die uns verbanden, wucherten zu. Bis wir uns aus den Augen verloren. Lou zu fragen, ob sie mir eine Niere spendet, halte ich für aussichtslos. Sie hat mich verletzt, gedemütigt. Aber sie wird das anders sehen, sich unschuldig fühlen. Darum kann ich keine Kompensation für das mir angetane Leid einfordern. Und einer, der sich von der Familie lossagt und sich adoptieren lässt, der darf keine organische Verbindung mit der Altfamilie mehr erwarten. Das weiß man sogar ohne Biochemie-Studium.

23

„Ich hätte gerne Geschwister gehabt", sagt Nora. „Trotz deiner Horrorerfahrung."

Horrorerfahrung, das klingt sehr hart. Ich habe zu wenig von den positiven Erlebnissen mit Lou berichtet. Wenn Menschen einen unschönen Urlaub hatten, erzählen sie danach trotzdem die wenigen positiven Sachen. Sie möchten gegenüber den Kollegen nicht als die mit dem misslungenen Trip in die Puszta, auf die Kanaren oder nach LA dastehen. Warum halte ich das nicht auch so? Zähle das Positive an der Beziehung mit Lou auf? Die einzige Antwort, die ich habe: Die beiden Bitterstreite haben mich zu sehr verletzt. Aber meine Güte, sage ich mir jetzt, dürfen die stellvertretend für eine ganze gemeinsame Kindheit und Jugend stehen? Verzeihen bedeutet nicht nur, sich zu überwinden und auf andere zuzugehen, sondern auch sich selbst zu erlösen. Warum nur habe ich diese Erlösung nie gesucht? Jetzt fällt mir das auf die Füße. Unmöglich scheint es mir, auf Lou zuzugehen. Sie sogar wegen einer Nierenspende anzufragen. Ich habe die letzten fünf Jahre den bequemsten Weg gewählt. Lou ignorieren. Das Belastende ignorieren. Als ob sich dann die kalten Gedanken an die Schwester auflösen wie Schnee in der Sonne.

„Glaubst du, Lou hat dieselben Erinnerungen an die Bitterstreite wie du?"

Ich kann Noras Frage nicht beantworten.

„Das müsste man sie mal fragen", sage ich mit dünner Stimme.

„Man? Ich glaube, du müsstest sie das mal fragen."

Ich spüre, sie hat Recht.

„Aber wie soll ich den Mut finden, sie zu kontaktieren? Gerade jetzt, wo sie denkt, ich mache das nur wegen der Nierenspende."

„Das stimmt. Wird sie sicher denken. Und ist ja auch so." So hart Noras Sätze klingen, ziehen sie mich nicht runter. Manchmal ist es gut, sich eine Wahrheit klarzumachen, auch wenn es eine unbequeme ist.

Wir sind wieder an der Minigolfanlage angekommen. Nora steht mir gegenüber und hat die Hände in die Hüften gestemmt.

„Philipp, ich glaube, du bist auch deswegen psychisch so weit unten, weil du dich den ganzen Tag um dich selbst drehst. Ich kenne das. Mir hat geholfen, mich aus dem ständigen Kreisen um mich selbst zu lösen. Das letzte Mal, als ich in ein psychisches Loch gefallen bin, habe ich mich bald darauf für einen Einsatz in Südafrika gemeldet."

Sie erzählt von ihrer Tätigkeit in einem Krankenhaus in Südafrika. Viele Waisenkinder werden dort behandelt. Sie sind an Aids erkrankt. Die Eltern sind daran gestorben. Die Kinder sehen die weiße Ärztin mit großen Augen an. So voller Hoffnung, aber auch Angst, ob ihnen das gleiche Schicksal wie ihren Eltern bevorsteht. Heute gibt es gute Wege, Aids mit Medikamenten zu behandeln und die Lebenserwartung deutlich zu erhöhen. Für diese Kinder ums Überleben zu kämpfen, gibt Nora das Gefühl, etwas sehr Sinnvolles zu tun. Sie schließt nicht aus, bald ganz nach Afrika oder in eine andere medizinische Krisenregion zu ziehen. Auch die USA sind eine Option. Dort Obdachlose behandeln, auch wenn es da große bürokratische Hürden gibt.

„Wenn es gar nicht anders geht, finanziere ich meinen Einsatz dort mit einer Hüpfburg. Obdachlose bauen sie mit mir auf."

Nora fürchtet sich vor nichts mehr.

„Wenn ich mein Leben bei einem der Einsätze verliere, weil ich mich selbst infiziere, *so what*? Ich habe dann ein gutes Leben geführt. Vor allem ein *sinn-volles*. Außerdem weiß ich, wie ich mich gegen Viren und ansteckende Krankheiten wirksam schütze."

„Okay. Aber lösen sich deshalb die Probleme oder das, was einem niederdrückt, auf? Sie werden doch wohl eher nur zugedeckt, verschoben. Irgendwann holt dich das Belastende doch wieder ein, oder?"

Sie schließt ihr Fahrrad auf und sieht mir dann wieder direkt in die Augen.

„Du hast Recht, Philipp. Die Probleme sind deshalb nicht weg. Aber ich habe mich schon nach den ersten Hilfseinsätzen im Ausland innerlich stärker gefühlt. Außerdem habe ich zeitgleich eine Psychotherapie gestartet. Vorher hatte ich Riesenbammel davor. Auch Scham und Scheu, mich einem Fremden zu öffnen."

Wie bei mir, denkt sich Philipp und will sie fragen, wie sie denn an einen Termin in einer psychologischen Praxis gekommen ist. Aber das kommt ihm jetzt nebensächlich vor und er hört Nora weiter zu.

„Ich habe meine Kindheit in vielen Sitzungen aufgearbeitet. Die Verletzungen. Das Verhältnis zu meinen Eltern. Dabei habe ich gelernt, mich mit ihnen innerlich zu versöhnen. Sie als Gefangene zu sehen, die nicht frei sind in ihrem Handeln. Gefangene ihrer Herkunft, ihrer Eltern, ihrer Rituale, die sie auf mich übertragen wollten. Seit dieser Therapie habe ich keinen Groll mehr auf meine Eltern. Seitdem habe ich auch erst recht keine Angst mehr, mich gefährlichen Projekten zuzuwenden, ins Ausland zu gehen, für andere da zu sein. Diese Einsätze wiederum stärken mich in meiner Psyche. Ich drehe mich jetzt viel weniger um mich selbst. Denn ich bin mit mir im Reinen. Jedenfalls meistens. Klar, manchmal kommt das

Alte wieder hoch. Wenn ich so Triggermomente erlebe. Ich habe mir dafür Übungen angeeignet. Meditieren hilft mir. Deswegen ziehen mich die Triggermomente nicht mehr dauerhaft nach unten."

Sie lächelt mich an und ich erkenne einige Fältchen in ihren Augenwinkeln.

„Du hast übrigens eine schöne Feder in deinem Haar", sage ich.

Sie steigt in die Pedale und fährt davon. Der Duft von Jasmin.

24

Sich nicht immer nur um sich selbst drehen. Mein Problem. Nora hat es mir auf den Kopf zugesagt. Und eine Therapie machen, um meine Kindheit und Jugend aufzuarbeiten. *Das Kind in dir muss Heimat finden,* habe ich vor kurzem einen Buchtitel gesehen. Ist das mein anderes großes Problem? Ich habe zu schnell wegen der Therapie resigniert, weil es so schwer ist, einen Termin zu bekommen. Aber auch weil ich Angst vor so einer Therapie habe. Wer weiß, was da alles hochkommt. Nora hat die Therapie entscheidend geholfen. Es gibt Leute, die können den Motor ihres Autos selbst reparieren. Aber kann man auch den Kopf, die Psyche selbst reparieren? Ich glaube, ich sitze da einem Fehlglauben auf. Andererseits: Ich habe so viele medizinische Termine. Jetzt noch weitere, wenn ich irgendwann mal von einer psychologischen Praxis genommen werde?

Das Gespräch mit Nora hat mir viel gebracht, auch weil ich mich für sie interessiert, ihr Fragen gestellt und deshalb viel von ihr erfahren habe. Seit Wochen pflege ich mein Selbstmitleid wie der Sultan seinen Bart. Was kann ich neben Fragenstellen, Interessiertsein an anderen noch tun, um mich aus meinem selbst gebauten Gefängnis zu befreien?

Meine Möglichkeiten sind stark eingeschränkt. Die Wunden des Absturzes sind noch nicht verheilt, ich humpele mit Krücken. Mein Wochenplan ist bestimmt von den Dialysesitzungen. Aber ich will nicht nach Ausreden suchen, um mich weiter in Egospielen zu ergehen. Was kann ich tun, um mich anderen Menschen zu öffnen? Deren Probleme und Leiden zu sehen und mich für sie einzusetzen? Mein Facebook-Account ist tot. Bei

Instagram habe ich seit dem Unfall auch kein Foto mehr eingestellt. Ich habe sowieso nur wenige Follower. Sollte ich diese Kanäle beleben, offensiv von meinen Erlebnissen der letzten Wochen berichten? Würde das jemanden interessieren? Mir kommen viele Zweifel, wahrscheinlich wäre das für die Katz. Wer will schon gerne Krankengeschichten lesen. Höchstens Leute, die ein ähnliches Problem haben wie ich. Aber dann kann ich das alles auch in irgendein Betroffenenforum eintippen. Nein, das ist es nicht. Ich möchte etwas tun, das anderen Menschen hilft, ihr Leben besser zu bewältigen. Lebenshilfe geben, psychisch stabilisieren, Optimismus aufbauen. Alles Dinge, die mir selbst fehlen. Aber wenn ich über solche Themen recherchiere, lese, schreibe, geht es mir auch selbst vielleicht bald besser, so überlege ich. Ich will nicht weiter mit den immer gleichen frustrierenden und niederziehenden Gedanken um Probleme und Ängste kreisen, sondern *das Lösen* der Probleme und Ängste angehen. Aber wie? Die Therapie lasse ich mal außen vor, da habe ich mich von mehreren Praxen auf die Warteliste setzen lassen. Mehr kann ich da gerade nicht tun. Mir fehlt eine konkrete Idee, meine Probleme und Ängste anzugehen. Ich bin ein Jongleur ohne Bälle.

Es ist Herbst geworden. Seit Tagen regnet es und ich sitze in meiner Wohnung fest. Obwohl der Oktober seine kalte Schulter zeigt, ziehe ich meinen Anorak an und gehe den schmalen Weg zur Isar hinunter. Am Ufer setze ich mich auf einen völlig ausgespülten und verblichenen Baumstumpf. Ich bin ganz allein. Der Regen fällt in dünnen Schnüren vom Himmel. Wenn ich nach oben schaue, sehe ich in meinen Augenbrauen einige Tropfen funkeln. Tief atme ich den frischen Geruch des Flusses ein. Eine Entenfamilie schwimmt gegen die Strömung an. Mir fallen Verse ein, die ich nach dem Gespräch mit Nora am Ammersee aufgeschrieben habe. Ein Gedicht über das Glück, eine Strophe lautet:

Einssein mit mir selbst und mit der Natur
Ich ahne, das ist eine entscheidende Spur
Meditieren, sinnieren
Mich selbst verlieren

Ich spreche die Verse mehrfach aus. Und plötzlich ist sie da.

25

Die Idee. Wie ein elektrischer Schlag. Ich bin jetzt hellwach. Na klar doch, ich muss etwas tun, wofür ich brenne! Und brennen tue ich nach wie vor für Gedichte, Romane, für das Lesen und das Schreiben. Ab und zu bin ich nach den Dialysesitzungen in die Stadtbücherei gefahren und habe mir so viele Bücher ausgeliehen, wie erlaubt sind. Auch bei *Perlentaucher* und *lovelybooks* sehe ich mich oft nach Neuerscheinungen um. Ich bin einigermaßen auf dem neuesten Stand, was die Belletristik betrifft. Was ich brauche, ist Literatur, die hilft, an der Seele zu gesunden. Die gibt es! Und diese Bücher werde ich vorstellen. In einem Format, das boomt: Einem Podcast. Auch einen Titel habe ich bald gefunden: *Philipps Zauberberg*. Im bunten Wechsel werde ich mal ein klassisches Werk, mal einen Gegenwartsroman, mal ein Gedicht besprechen. Auch ein Sachbuch, zum Beispiel die Biografie eines Dichters, die Briefwechsel einer Dichterin können mal dabei sein. Was ich mir erhoffe: Damit ein Publikum zu erreichen, das sich für gute Literatur begeistern lässt. Und das die therapeutische Kraft des Lesens erspürt.
Ich google, wie man einen Podcast erstellt. Wenn ich so etwas mache, dann soll es professionell sein. Den Anspruch habe ich. Ein paar Kosten kommen auf mich zu. Separates Mikrofon, einen Dienstleister, der Downloads und Streamings ermöglicht und den Podcast damit unter die Leute bringt. Ich merke, dass meine Ersparnisse gerade so reichen. Ich stelle mir einen Themenplan auf. Welche Texte bespreche ich, wie lange darf eine Sendung sein usw. Ich begebe mich dazu in Foren, chatte und siehe da: Plötzlich habe ich Kontakt mit Lukas, dreißig Jahre alt,

Medienwissenschaftler und absoluter Experte für Podcasts. Wir treffen uns in einem Café am Sendlinger Tor. Lukas gibt mir wertvolle Tipps. Mein Inneres tanzt plötzlich Wiener Walzer. Endlich kann ich meinen Fokus auf etwas Anderes richten als auf Krankheit und Kindheit. Diese Probleme sind natürlich noch da, aber sie leben jetzt meist in einer Höhle irgendwo tief in mir. Viele Stunden am Tag beschäftigt mich meine neue Aufgabe. Während der Dialysesitzungen höre ich die beliebtesten Podcasts an und lerne dabei, wie man so etwas aufzieht.

Mein erster Podcast geht natürlich über Thomas Manns *Der Zauberberg*. Ich spreche über die Verkapselung von Menschen in so einem abgeschiedenen Sanatorium. Das Entstehen einer eigenen Welt mit ganz besonderen Verhaltensmustern. Dass so etwas auch jedem von uns passiert, wenn sich im Leben ein Bruch ereignet. Dass wir uns dann zurückziehen und Mauern errichten, weil wir glauben, so das Leid zu besiegen. Dass das aber eher die Probleme vergrößert. Dass wir andere Menschen, den Austausch mit ihnen brauchen. Dass ich nächstes Mal über einen kleinen Aufsatz von Kleist sprechen werde: *Von der allmählichen Verfertigung der Gedanken beim Reden.*

Ich scheue mich nicht, auch mich selbst kurz zur Sprache zu bringen. Aber hier tue ich es nicht, weil ich wieder um mich selbst kreise. Mir ist es wichtig, von der Kraft der Poesie zu sprechen. Die mich auffängt, gerade auch jetzt, wenn ich mich so elend fühle. Mit ihrer Zauberkraft.

Nach den ersten beiden Podcasts gibt es nicht eine einzige Reaktion. Ich bin enttäuscht. In meiner labilen Lage ist die Gefahr groß, schnell wieder hinzuschmeißen. Aber genau davor muss ich mich hüten. Reichweite erlangen ist eine große Geduldssache. Nach dem dritten Podcast kommt dann die erste Mail:

Vielen Dank für ihre Worte zum Idioten von Dostojewski.
Hat mich angesprochen. U. Reuter

Wer auch immer U. Reuter ist, ich würde dem Menschen am liebsten um den Hals fallen. Was ich mit meinen Podcasts tue, geht also nicht komplett im digitalen Orkus verloren. Jetzt fasse ich auch den Mut, meine Social-Media-Kanäle zu bespielen. Ich lese wie ein Besessener. Als ob ich Podcasts für hundert Jahre produzieren wolle. Die Reaktionen nehmen zu. Vor allem, nachdem ich über Wolfgang Herrndorfs Buch *Arbeit und Struktur* gesprochen habe. Das Tagebuch eines Schriftstellers, der an einem unheilbaren Gehirntumor leidet. Ein Verlag schickt mir bald unaufgefordert Rezensionsexemplare von einigen Neuerscheinungen. Eine Stadtbücherei im Landkreis München fragt mich, ob ich vor Weihnachten aktuelle Neuerscheinungen in einer Art Literaturabend vorstellen möchte. Ein Münchner Seniorenheim tritt mit einer ähnlichen Bitte an mich heran. Außerdem schreibe ich diesen Text hier. Auch eine Therapie für mich. Ein Leben im literarischen Rausch. Mein Glaube an die positiven Kräfte von Literatur ist so groß wie nie.

Meine Psyche erholt sich deutlich. Die Dauerbelagerung ist zu Ende. Der Belagerer war ich selbst. Doch manchmal bin ich unvermittelt wieder an einem Abgrund, starre Löcher ins Leere, fühle mich labil. Mache ich mir mit meinem Podcast nur etwas vor?
Mein Körper jedenfalls lässt sich von der zeitweise positiven Entwicklung meiner Psyche nicht überlisten. Die Nierenwerte sind schlecht. Ich bin blass und, wenn ich nicht gerade für meinen Podcast im Einsatz bin, müde und antriebsschwach. Wenn ich eine Treppe hochgehen soll, überfordert mich das. Ich atme schwer, habe

Schwindelgefühle. Neben den drei Dialysesitzungen pro Woche muss ich jetzt oft zu Untersuchungen. Ich weiß, es muss medizinisch bald etwas geschehen.

Ich werde meinen leiblichen Vater um ein Treffen bitten. Doch ich habe keine Idee, wie ich es anstellen soll. Anrufen? Dann könnte es sein, dass er schnell wütend wird und auflegt. Persönlich möchte ich ihn treffen. Ich schreibe ihm eine Karte. Nur mit der Bitte um einen Termin. Wie soll ich ihn anreden? Papa? Das geht gar nicht mehr. Habe ich seit der Konfirmation vor neun Jahren nicht mehr zu ihm gesagt. Vater? Lieber Vater? Werter Vater? Ich fürchte, das ist schon eine Provokation für ihn. Wegen der Adoption. Da habe ich ihn als Vater ja offiziell annulliert. Ich überlege noch eine Weile hin und her. Dann schreibe ich die Geschichte von Ramiro auf. In der Stadt kaufe ich in einer Musikalienhandlung eine Karte mit dem Porträt von Paul Hindemith. Auf die Rückseite schreibe ich:

Hier schreibt Philipp. Ich weiß nicht mal mehr, wie ich dich anreden soll, so verfahren ist es mit uns. Ich habe Fehler gemacht. Das möchte ich dir persönlich sagen. Und ich habe auch einen großen Wunsch, von dem ich dir erzählen möchte. Bitte lies vorher die Geschichte von Ramiro, dem Gaucho. Als Treffpunkt schlage ich dir Freitag dieser Woche vor. Fünfzehn Uhr auf dem Schulhof, dort unter den drei Eichen. Ich werde da sein.

26

Die Geschichte von Ramiro, dem Gaucho

Ramiro Guerrero verkörperte alles, was einen stolzen Gaucho ausmacht. Er trug Stiefel aus silbergrauem Schlangenleder und einen edlen roten Poncho mit schwarzen Streifen, wie es in der Provinz Salta im Nordwesten Argentiniens üblich war. Aber der traditionsreiche Beruf des Gauchos hatte sich gewandelt. Das nomadische Leben auf einer Matte unter freiem Himmel mit der Jagd auf Nandus, wilde Pferde und Rinder war endgültig vorbei. Estancias, Rinderfarmen waren entstanden, viele mit herrschaftlichen Häusern. Die weitläufigen Weiden waren jetzt von Stacheldraht umzäunt. Ramiro war es gelungen, selbst Besitzer einer dieser Estancias zu werden. Zwar war sie gegenüber den Nachbarfarmen klein, aber immerhin. Jetzt musste er einen Buchhalter beschäftigen, der ihm die Rechnungen schrieb. Und einen Verwalter, der ihm Kalkulationen vorlegte, wie viele Rinder die Estancia brauchte, um rentabel zu sein.

Nur einmal im Jahr lebte das alte Gaucholeben auf. Beim großen Fest im Juli kamen tausende Gauchos in der Hauptstadt Salta zusammen. Sie zeigten ihre Künste. Dressur, Rodeo, Voltigieren. Sie fühlten sich in die gute alte Zeit zurückversetzt und waren einige Tage lang glücklich wie sonst nur beim Gewinn der Fußballweltmeisterschaft durch die Albiceleste.

Ramiros große Stunde auf dem Fest der Gauchos war Jahr für Jahr das Lassowerfen. Natürlich hatte er sein Lasso selbst geflochten, nach den alten Regeln der argentinischen Indianer. In einer Koppel, umringt von viel staunendem Publikum, galt es, möglichst schnell ein widerspenstiges Pferd mit der Schlinge einzufangen und zu beruhigen. Ramiro hatte seit vielen Jahren ein Abonnement auf den Sieg. Doch dieses Mal kam alles anders. Gleich drei Mal stieg er auf sein Pferd und versuchte sich im Einfangen eines wilden Hengstes. Dreimal gelang es dem schnaubenden und umherrennenden Pferd, den Kopf rechtzeitig so wegzudrehen, dass Ramiros Lasso ins Leere fiel. Tief traurig fuhr er zu seiner Estancia zurück. Als erstes hängte er sein Lasso an einen Nagel. Für immer. Mit einem Whiskey in der Hand saß er auf der Veranda vor seinem Haus und beobachtete, wie in der Ferne der Landschaft ein erleuchteter Zug wie ein Ufo in Richtung der Anden glitt. Die verfehlten Lassowürfe sah er als ein Zeichen. Es war Zeit abzutreten. Seine Augen spielten nicht mehr mit, und auch seine Knochen taten nach dem Reiten verdammt weh. Doch was sollte aus der Estancia werden? Sollte mit ihm die Tradition der Guerreros enden, die sich über Generationen hinweg alle mit Rindern ihren Lebensunterhalt verdient hatten? Die Estancia konnte er verkaufen. Sich mit dem Erlös ein Haus in den Vororten von Salta erwerben und dort den Lebensabend verbringen. Aber wäre das nicht ein Verrat an seinen Vorfahren? Und wollte er überhaupt die Pampa aufgeben? Er war doch kein Städter!

Auch aus einem anderen Grund hatte er kein gutes Gefühl bei dem Gedanken, die Estancia zu veräußern. Es gab nämlich einen klaren Anwärter in diesem Fall: José, den Nachbarn, der drei Mal mehr Rinder als er besaß. Ihm waren die Traditionen der Gauchos egal. In seiner Estancia gab es einen Whirlpool und rauschende Partys mit jungen Leuten aus der Hauptstadt. Sie schielten nach Josés prall gefülltem Konto, und er holte sich das leichte Leben der Stadt mit ihnen auf seine Farm. Mittels eines Strohmanns würde er sich sicher die Estancia der Guerreros einverleiben. Dass er dann auch dort sein Lotterleben führen würde, ließ sich mit der stolzen Tradition der Guerreros nicht vereinbaren.

Zu gerne hätte Ramiro die Rinderzucht an seinen Sohn Emilio weitergegeben. Aber Emilio war schon mit siebzehn nach Salta gezogen. Gleich nach dem Tod von Alma, seiner Mutter, Ramiros Frau. In der Hauptstadt der Provinz versprach sich Emilio ein besseres Leben. Besser jedenfalls als die harte Existenz in der Rinderzucht. Aber diesen Grund hielt Ramiro für vorgeschoben. Die Wahrheit war: Emilio verstand sich mit ihm nicht. Mit seinem Vater zusammen die Estancia zu betreiben, das war für Emilio undenkbar, glaubte Ramiro zu wissen. Zu viele Reibungspunkte. Diese Aufregung wollte der Sohn sich ersparen. In Salta hatte er eine Lehre als Friseur gemacht. Jetzt betrieb er einen winzigen Salon mit nur einem Frisierstuhl. An den besten Tagen kamen gerade einmal zehn Kunden. Und von denen ließen sich fünf nur den Bart stutzen. Ob Emilio damit wohl glücklich war?

Wäre ich doch nur nicht so streng mit dem Jungen gewesen, warf sich Ramiro jetzt vor. Wenn Emilio die Estancia übernähme, dann würde er sie renovieren, auf Vordermann bringen. Wirtschaftlicher arbeiten als er, Ramiro, es tat, könne er sicher auch. José könnte er zwar nicht die Stirn bieten. Aber er würde die Tradition der Familie fortsetzen. Der Sohn eines Gauchos ist doch kein Bartstutzer! Aber Emilio war stur. Wie er selbst. Niemals würde er sich umstimmen lassen.

Wie er so in seine Gedanken versunken war, hörte er ein Auto aus der Ferne näherkommen. Ein Pritschenwagen.

Ausgerechnet Emilio war es. Als ob die Gedanken des Vaters ein Lasso nach ihm ausgeworfen hätten.

„Padre, ich muss mit dir reden." Er setzte sich auf die Holzbank seinem Vater gegenüber. Ramiro bot ihm einen Whiskey an, aber Emilio lehnte ab.

„Ich habe dich beim Lassowerfen beobachtet", sagte er und schwieg. Sein Blick fixierte den Vater. Der sah beschämt nach unten.

„Die Lassowürfe waren eine Katastrophe", gab Ramiro schließlich zu. „Ich schäme mich dafür."

„Das brauchst du nicht, Padre. Du bist alt geworden. Dein Poncho hat mehr Löcher als ein Ameisenhügel Eingänge. Seit Madre tot ist, verwahrlost du. Wer kümmert sich um dich, wenn du hier mal einen Herzinfarkt hast? Nicht mal ein Telefon besitzt du, weil du ein alter Sturkopf bist. Und ja, das Sture habe ich von dir geerbt. Ich habe jahrelang in der Stadt meinen Trotz ausgelebt. Aber was ich heute beim Lassowettbewerb gesehen habe, das lässt mich nicht kalt. Und wenn ich ehrlich bin, denke ich schon länger darüber nach, was aus dir und mir werden soll. Ich denke an die stolze Tradition unserer Familie. Früher das Einfangen der wilden Pferde. Auch eine Estancia mit Rinderzucht kann das angemessene Erbe der Guerreros sein. Wenn man sie erfolgreich führt. Du aber bist dazu nicht mehr in der Lage. Die Gauchos haben Worte in dieser Richtung getuschelt, während du das Lasso ins Leere geworfen hast. Deine Rinder seien ungepflegt, viel zu mager. Einfach schlecht gezogen. Du hast eine rote Nase vom vielen Trinken. Das bringt dich bald ins Grab. Und ein solches Ende lasse ich nicht zu. Ich meine, ein solches Ende für die Tradition der Guerreros."

„Oho", sagte Ramiro und schaute zu, wie ein Kondor über das Haus hin und her glitt und nach Aas suchte.

„Ja genau, oho. Wundere dich nur. Jetzt kommt mein Vorschlag, Padre. Ich ziehe mit Sabina hier in die Estancia in das Haupthaus ein."

Er zeigte auf den Wagen, und erst jetzt erkannte Ramiro, dass dort eine Frau in einer weißen Bluse saß.

„Für dich", fuhr Emilio fort und seine Stimme zitterte, „bauen wir eine Stallung zu einer Wohnung um. In gehörigem Abstand zu unserem Wohnhaus. Dort kannst du dich dann bald um deinen Enkel kümmern. Denn Sabina, sie ist schwanger. Aber den Enkel bekommst du nur, wenn du deinen Whiskeykonsum zurückfährst. Und für den ganzen Deal gibt es noch eine weitere Bedingung von meiner Seite." Emilio wischte sich eine Träne aus dem Auge. So seinem Vater gegenüberzutreten, fiel ihm nicht leicht. Aber er wusste, er kam ihm nur mit klaren Ansagen bei. Gegen Sturheit half sonst nichts.

„Aha", sagte Ramiro nur und beobachtete, wie der Kondor fündig geworden war und sich nicht weit weg von ihnen in der Pampa über ein totes Tier hermachte. Seine Hand zitterte wie die seines Sohnes. So lange hatten sie sich nicht gesehen, und jetzt diese weitreichenden Vorschläge. Wie behandelte ihn sein Sohn! Er war doch nicht sein Befehlsempfänger! Wo war der natürliche Respekt des Sohnes gegenüber dem Vater? Aber in seinem Inneren spürte Ramiro, wie sehr ihm die Zuwendung und Ansprache Emilios guttat. Da sorgte sich einer um ihn, wenn auch nicht ohne Eigeninteresse.

„Die Bedingung ist, dass du mir die Estancia baldmöglichst überschreibst", setzte Emilio seine vorbereitete Rede fort. „Und ich verlange auch, dass du dich in die wirtschaftlichen Belange der Estancia nicht mehr einmischst. Im Gegenzug bekommst du lebenslanges Wohnrecht im umgebauten Schuppen. Damit du keinen Entzug bekommst, kannst du dich um genau fünf Rinder selbst kümmern. Nicht ein einziges mehr! Besorgungen aus der Stadt machen wir für dich. Wir fahren dich auch zum Arzt nach Salta, wenn das notwendig ist. Ich erwarte deine Entscheidung bis Sonntagabend."

Sagte es, stand auf, stieg in den Ford und fuhr davon. Sabina winkte wie einst die Queen von England mit einem stocksteifen Unterarm und Fingern, dicht wie ein Teigschaber.

Ramiro war überfordert. Erst die Fehlwürfe mit dem Lasso. Die Demütigung. Er hätte vielleicht vorher keinen Whiskey trinken sollen. Aber er hatte es nur getan, damit seine Hand nicht mehr so zitterte. Dann Emilios Erscheinen. Sein Auftritt. Sabina. Ein Enkel im Anmarsch. Stallumbau zur Wohnung. Die Estancia abtreten.

Er griff zur Whiskeyflasche. Doch als der erste Tropfen ins Glas fiel, stoppte er. War das nicht eine Chance für ihn und für Emilio gleichermaßen? Andererseits hatte ihn Emilio überrumpelt. Das Ganze klang nach Erpressung. Wo kommen wir denn hin, wenn Väter sich von Söhnen vorschreiben lassen, was sie zu tun haben! Besaßen nicht die Alten die Weisheit und mussten den Jungen sagen, wo es langging? Die Chance sehen oder den Stolz leben, das war für ihn jetzt die Frage.

Am Sonntagabend hörte er den Ford durch die Pampa näherkommen. Dieses Mal stieg Sabina mit aus. Emilio und Sabina standen Ramiro gegenüber. Hinter ihnen tauchte die Sonne die Pampa in eine Orangenschale. Ramiros Entscheidung stand fest.

27

Ich bin nervös, sehr. Aber Angst habe ich nicht. Nervosität und Angst sind nicht identisch. Nervosität hat auch eine Sonnenseite, weil sie oft etwas Positives nach sich zieht. Applaus nach dem Trompetenkonzert. Pokal nach dem Sieg im Fußball. Das Glück darüber vergrößert sich mit dem Grad der Nervosität vorher. Angst dagegen hat keine solch positive Seite. Man ist nur froh, wenn man sie überstanden hat. Oder wenn sie unbegründet war. Erleichtert ist man dann, nicht glücklich.

Über den Schulhof jagen Laubblätter, getrieben von einem kräftigen Herbststurm. Es ist Anfang Oktober. Mein Vater ist pünktlich auf die Minute. Ich erschrecke. Er hat total abgenommen. Seine einst so feisten Wangen sind jetzt nur noch fluffige Teigtaschen. Die Stirn ist gerillt wie ein Stück Wellpappe. Seine Nase leuchtet rot wie eine Ampel. Ist er ein Trinker? Irgendwo ums Herz herum fährt ein Schmerz bei mir gerade Achterbahn. Hätte ich das gewusst! Dann wäre Ramiro in meiner Erzählung natürlich kein Trinker gewesen! Au backe, das geht ja mal gut los.

Wir stehen uns gegenüber wie zwei Eskimomännchen an der Adria. Uns passt die Umgebung nicht. Wir wissen nicht, warum wir hier sind und was wir hier sollen. Doch halt, ich weiß, was ich will.

„Hast du die Geschichte vom Gaucho Ramiro gelesen?"

Uff. Ich habe einen Einstieg gefunden. Mit brüchiger Stimme zwar, aber egal. Mein Vater bewegt den Kopf. Das könnte ein Nicken sein. Aber auch ein ungläubiges Staunen, mich hier, uns hier zu sehen. Oder er ist über mein verändertes Aussehen genauso erschrocken wie ich über seins? Die Krankheit hat sich in mein Gesicht eingegraben. Ich sehe zehn, zwanzig Jahre älter aus, meine Wangenknochen sind hervorgetreten und die Aknenarben haben sich in schorfige Krater verwandelt. Er sagt nichts.

„Okay. Wie geht es Mama?"

Wir müssen doch irgendwie in ein Gespräch kommen. Dieses Mal nickt er nicht. Er mahlt mit den Teigtaschen, als schlucke er eine ganze Tomate runter.

„Du kannst sie in der Psychiatrie besuchen."

An so etwas habe ich nicht gedacht. Ich habe sie mir nach wie vor in der Dunkelkammer vorgestellt.

„Seit wann ist sie dort?" Ich hoffe erst seit Kurzem. Wegen eines aktuellen Vorfalls. Aber insgeheim ahne ich, was kommt.

„Seit fünf Jahren immer mal wieder. Dein Weglaufen hat ihr den Rest gegeben."

Ich beiße mir auf die Lippen. Schuld schwappt mich an wie das Meer die Möwen am Strand. Sie war die *Abwesende*, als ich noch zuhause lebte. Und dann bricht sie zusammen, weil ich nicht mehr da bin? Das passt doch nicht zusammen. Sie dürfte mich vermissen, wenn wir ein intensives Verhältnis gehabt hätten. Das könnte ich verstehen. Aber so? Hm. Ich merke, das ist nur ein schwaches Argument, was ich habe, um mich reinzuwaschen. Die Bindung einer Mutter zu ihren Kindern ist größer, als man es als Heranwachsender selbst sieht. Auch die zum Vater wahrscheinlich.

„Das tut mir leid", sage ich leise.

„Ach wirklich?" Die Stimme meines Vaters ist jetzt eine Nuance lauter als zuvor. Ich gehe auf seinen Einwurf nicht ein. Stattdessen frage ich ihn noch mal nach der Geschichte des Gauchos. Er hat sie gelesen, ja. Und er will wissen, ob ich die Geschichte selbst geschrieben habe. Und was ich ihm damit sagen wolle.

„Was glaubst du, wie die Geschichte ausgeht?", frage ich meinerseits. „Wird Ramiro den Plänen seines Sohnes zustimmen? Oder sie ablehnen?" Wir stehen immer noch rum wie zwei Kegel auf der Bahn. Wir könnten uns setzen. Aber die nächste Bank steht in weiter Entfernung. Keiner will den ersten Schritt dahin machen. Das würde die Grundsituation verändern. Jetzt befinden wir uns auf Augenhöhe, weil ich zwei Schritte höher im ansteigenden Gelände unter den Eichen stehe. Mein Vater ist einen Kopf größer als ich, das gleiche ich damit aus.

„Hast du mir die Geschichte geschickt, weil ich auch eine rote Nase habe?"

Mist, genau das habe ich befürchtet. Ich konnte das mit ihm und der roten Nase doch wirklich nicht wissen. Müsste ihm doch klar sein.

„Und weil du mir sagen willst, ich solle dir unser Haus überschreiben, vererben? Und das, obwohl du dich von anderen hast adoptieren lassen? Weil du merkst, da geht dir etwas flöten? Oder willst du dir deinen Teil auszahlen lassen? Herausfinden, ob er dir trotz Adoption noch zusteht? Der verlorene Sohn. Ich verstehe deine Anspielung sehr wohl. Du willst vom Alten noch was rausholen."

Ich merke, wie ein Wutrausch seinen Anlauf nimmt. Nur langsamer, als ich es aus meiner Jugendzeit kenne. Er ist jetzt erst im zweiten Gang, wo er früher schon im vierten war. Er strengt sich sichtlich an, Herr über seine alten Reflexe zu werden. Andererseits hat sich so viel bei ihm angestaut. Die Mitteilung vom Familiengericht über meine Adoption zum Beispiel. Das allein reicht für zehn Wuträusche. Und irgendwie ist das ja auch wirklich schwer ...

„Ich habe so viel Geld in dich investiert. Du hast ja keine Ahnung, was ein Kind und Jugendlicher für Kosten verursacht."

Dritter Gang.

„Da kommen Zehntausende von Euros zusammen! Und wie hast du es mir gedankt? Indem du mich hier in dieser Schule bis auf die Knochen blamiert hast."

Vierter Gang. Schweißperlen auf der Stirn.

„Die ganze Schule hat auf mich geschaut und gefragt *Wo ist Ihr Sohn?*"

„Das tut mir leid, Papa. Ich habe damals einen großen Fehler gemacht."

Irgendwo im Weltall höre ich ein Echo hallen. Papa, Papa, Papa … Papa habe ich gesagt. Ich sitze wieder in einer Raumkapsel und schlittere zwischen den Sternen hin und her. Nur dass die Raumkapsel in Wirklichkeit bloß eine Wolke aus Watte ist und ich mich nicht richtig festhalten kann. Bald falle ich runter. Ins Nichts.

„Ach, auf einmal?" Auf der anderen Seite ist jetzt kein Halten mehr. Er nähert sich mir bedenklich. Spucke läuft aus seinem rechten Mundwinkel.

„Und jetzt schickst du mir so eine Geschichte, damit ich mich schon mal darauf vorbereite, den Geldkoffer zu bringen und dir dein Erbe auszuzahlen! Schau dir doch mal die Geschichte vom verlorenen Sohn genauer an! Der ist zurückgekommen, weil er das Erbe verprasst hat. Weil er Mist gebaut hat. Weil er Reue zeigt!"

Er bebt. Schwitzt sogar an den Ohren.

„Ja, und der Vater hat ihn mit offenen Armen empfangen!". Das habe ich jetzt geschrien. Sonst hört er mich in seinem Wutrausch doch nicht. Er ist sichtlich überrascht. So etwas hat er noch nie von mir erlebt. Dass ich ihm Konter gebe, zurückbrülle. Er weicht sogar wieder zwei Schritte zurück. Schaut mich an wie Napoleon nach Waterloo.

„Was willst du von mir?", sagt er kalt. „Geld, was sonst! Vergiss es!"

„Ich will kein Geld."

„Sondern?"

„Ich will eine Niere von dir."

Er schaut mich regungslos an. Aber die Augen hat er aufgerissen wie ein Pilot beim Absturz. Jetzt erzähle ich ihm. Vom Tegelsteig bis zum letzten Gespräch im Klinikum mit den schlechten medizinischen Werten.

„Und deswegen brauche ich eine Niere. Eine Lebendspende. Das geht nur bei Verwandten ersten oder zweiten Grades, Verlobten, Lebenspartnerinnen und - partnern oder Personen, die sich offensichtlich persönlich intensiv verbunden sind.

„Ach, und da falle ich plötzlich dir wieder ein?"

Mein Vater hat in den dritten Gang runtergeschaltet.

„Ja, ich habe kaum Alternativen. Meine Adoptiveltern scheiden aus verschiedenen Gründen aus."

„Welche Gründe?"

Ich zögere. Soll ich die Wahrheit sagen? Wird er dann nicht triumphieren?

„Meine Adoptivmutter ist aus medizinischen Gründen nicht geeignet."

„Soso. Und der Mann?"

Er vermeidet das Wort Vater.

„Der will nicht."

Jetzt ist es raus. Ich hoffe, es war kein Fehler. Tatsächlich schaltet mein Vater in den ersten Gang zurück.

„Er will nicht. Wird seine Gründe haben. Vielleicht lehnst du dich gegen ihn genauso auf wie gegen mich."

Ich bücke mich, hebe einen kleinen Zweig auf, knicke ihn mehrfach.

„Ich will da mal einen Satz aus deiner Geschichte vorlesen", sagt er und kramt die Blätter aus der

Westentasche. „*Wo kommen wir denn hin, wenn Väter sich von Söhnen vorschreiben lassen, was sie zu tun haben!* Ein kluger Satz, den du da formuliert hast. Dein Adoptivvater hat wohl erkannt, wie unverschämt du sein kannst. Wahrscheinlich hast du ihn bedrängt ... und jetzt kommst du ... ich soll mein Leben für dich jetzt aufs Spiel setzen ... du denkst wohl ... die Mutter in die Psychiatrie befördern ... egoistisch ... so was von unmöglich ..."

Er ist wieder hochgefahren. Ich tauche ab in meine Raumkapsel, meine Watte-Wolke, höre nur noch Satzfetzen. Meine Hoffnungen zerfließen wie zwei Eiskugeln in der prallen Sonne. Er pickt sich aus der Geschichte von Ramiro das raus, was er gegen mich verwenden kann. Oder sie ist zu kompliziert für ihn. Mist! Hätte ich mir sparen können. Geht voll nach hinten los. Er sieht nicht Vater und Sohn, die die Niederlage des Alten gemeinsam bewältigen. Erkennt darin nicht mein verstecktes Angebot, für ihn im Alter da zu sein. Wenn ich denn wieder so richtig mit einer neuen Niere auf die Beine komme. Gerne hätte ich ihm offeriert, vielleicht sogar bei seiner Galerie irgendwann mit einzusteigen. Der Moses in San Pietro in Vincoli in Rom, der Isenheimer Altar in Colmar, das hat mich im Kunstunterricht wirklich fasziniert. Als ersten Schritt könnte ich im Nebenfach Kunstgeschichte studieren. Aber ich komme gar nicht dazu, solche Vorschläge zu machen. Er hat nicht einmal mein Eingeständnis wahrgenommen, stur gewesen zu sein, wie er selbst. Dass ich es bereue, ihn bei der Abifeier blamiert zu haben. Zu ihm dringt mein Signal nicht vor, dass wir beide ein verbocktes Leben führen. Dass so eine Transplantation eine Chance für uns sein könnte, alles was war, hinter uns zu lassen. Er sieht in mir nur den unverschämten Bittsteller. Unverschämt ist es ja auch wirklich, was ich erbitte. Aber ist es das auch, wenn man seinen Vater darum bittet?

Ich habe mich umgedreht und gehe Richtung Ausgang des Schulhofs. Irgendetwas von Bedenkzeit, die er brauche, brüllt er mir hinterher. *Ich* brauche keine Bedenkzeit mehr. Mein Entschluss steht. Ich will keine Niere mehr von ihm. Selbst wenn er medizinisch dazu geeignet wäre. Das ist ohnehin mehr als fraglich. Die rote Nase. Und ich glaube, mein Körper würde eine Niere von ihm abstoßen. Wir sind genetisch eine Familie, aber charakterlich, menschlich, emotional passt es einfach nicht. Als Kind hatte ich mal zwei Magneten zum Spielen. Wenn man sie aneinanderhielt, stießen sie sich mit ungeahnter Kraft ab. Mein Vater und ich, wir sind diese Magneten.

Mein Versuch, mit ihm in ein besseres Verhältnis zu kommen, ist gescheitert. Manchmal muss man verwandtschaftliche Bande für immer kappen. Selbst wenn es die Beziehung zwischen Vater und Sohn ist. Und trotzdem tut das so unendlich weh. Irgendwie sind mein Vater und ich wie Menschen auf zwei Seiten eines Stacheldrahts. Sie hören sich, sie sehen sich, sie reden miteinander – aber sie finden nicht zueinander. Sobald sie einander annähern, verletzen sie sich, reißen sich die Seele auf.

28

Im Podcast nach diesem Gespräch behandele ich Kafkas *Brief an den Vater*. Der Versuch, mittels dieses nie abgesandten Briefs die Wogen zwischen Vater und Sohn zu glätten. Das Leiden aneinander. Ich bin nicht Kafka. Aber ich leide wie er an der verunglückten Beziehung zum Vater.

Mein Glaube an die verwandelnde Kraft der Poesie ist nach der Begegnung mit meinem Vater eingetrübt. Die Geschichte von Ramiro – mein Vater hat sie einseitig und selektiv interpretiert und nicht als Angebot zum Reden verstanden. Seit ich Literaturwissenschaften studiere, immerhin schon fünf Semester, beschäftigt mich die Frage, ob Literatur die Macht hat, politische Systeme zu verändern. Oder zumindest einzelne Leben zu verwandeln. Ich habe recherchiert, einiges zusammengetragen, vor dem Absturz gedacht, es könnte das Thema meiner Masterarbeit werden. Als Schüler der Oberstufe war ich gebannt von *Onkel Toms Hütte* von Harriet Beecher-Stowe. Selbst wenn die Schwarzen dort rassistisch dargestellt sind, hat das Buch viel zur Abschaffung der Sklaverei beigetragen. Fast zur selben Zeit führten Iwan Turgenjews *Aufzeichnungen eines Jägers* in Russland die Leibeigenschaft mit all ihren Grausamkeiten vor. Dem Autor brachte das Buch eineinhalb Jahre Verbannung auf sein Gut ein, aber wenige Jahre später hob der Zar die Leibeigenschaft auf. Im Studium habe ich *Der Dschungel* von Upton Sinclair gelesen. Ein Buch über die entsetzlichen Zustände in den Schlachthöfen Chicagos am Beginn des zwanzigsten Jahrhunderts. Dem Autor brachte es eine Einladung zum Präsidenten ins Weiße Haus. In den Schlachthöfen besserten sich die Zustände, für die

Arbeiter. Für die Tiere nicht, die hatte man damals nicht im Blick, sie waren nichts anderes als Fleisch- und Wurstpakete. Welche Rolle spielten die Lieder und die Ausweisung Wolf Biermanns für die politische Entwicklung der DDR bis hin zum politischen Wechsel 1989? Bildeten nicht Romane, auch Songtexte von Bettina Wegener bis zu Bruce Springsteen, den Humus, auf dem der politische Widerstand der Leipziger Montagsdemonstrationen erwuchs? Damals, als sich die deutsche Geschichte veränderte, erschienen auch Salman Rushdies *Satanische Verse*, ein Buch, das zu einer fiebrigen Erregung beim iranischen Revolutionsführer Ayatollah Chomeini führte. Er forderte alle Muslime auf, den Autor zu töten. Ein stattliches Kopfgeld hat er dafür ausgerufen. Das zeigt, wie gefährlich Literatur für politische Systeme sein kann. Karikaturisten der französischen Satirezeitschrift *Charlie Hebdo* haben dafür mit ihrem Leben bezahlt. Eine Dozentin an der Uni hat in einer Vorlesung von Nadine Gordimer erzählt. Ihre Romane hätten maßgeblich dazu beigetragen, die Apartheid in Südafrika abzuschaffen. Mehr zufällig habe ich eine Rede des früheren Bundesaußenministers Frank-Walter Steinmeier von 2007 im Bundestag gelesen, in der er auf die Werke von Khaled Hosseini hinweist. Wenn man Afghanistan, die Schrecken der Taliban verstehen wolle, müsse man diese Bücher lesen! In eben jenem Bundestag, in dem Literaturpapst Marcel Reich-Ranicki 2012 eine bewegende Rede über seine Erfahrungen mit dem Nationalsozialismus im Warschauer Getto hielt. Mich interessiert auch die Rolle von Romanen beim Thema Emanzipation der Frau. Madame Bovary, Anna Karenina und Effi Briest – was haben diese Romane hierbei bewirkt? Nichts, wenig, viel, sehr viel?

Aber so sehr diese Beispiele zeigen, wie Literatur politisch wirken kann, glaube ich noch stärker an ihre Kraft, individuelle Leben zu prägen. Mich selbst hat das Mondgedicht von Matthias Claudius verändert. Das Gespräch mit Herrn Bruckner im Musikzimmer, als draußen die Schneeflocken tanzten. Seine Deutung, die mich zugleich überfordert und herausgefordert hat. Später waren es die Gedichte von Rilke, die mir so tief aus dem Herzen sprachen. Zu Beginn des Studiums hat mir Thomas Manns Roman *Der Zauberberg* das Bild geliefert dafür, was mir die Literatur bedeutet. Dieser riesige unerschöpfliche Schatz, der zauberhafte Berg mit den vielen Höhlen und ich der Bergmann, der von einer zur anderen Höhle vordringt. In meinen dunklen Stunden sind mir Gedichte manchmal ein letzter Halt. Romane, die mich fesseln, helfen mir zumindest, mich vom Grübeln abzulenken.

Aber Lesen hilft mir nicht in meinen depressiven Phasen. Da fehlt mir die Konzentration, die Lesekraft. Ja, dann bin ich zu schwach, mir ein Buch vor die Augen zu halten. Schon eher geht dann in solchen Phasen noch das Schreiben. Wenn ich es genau bedenke, ist das, was ich hier gerade tue, Schreibtherapie. Ich schreibe mir alle meine Versäumnisse von der Seele, mein Scheitern an meiner alten Familie, mein Neuanfang bei Sabine und Frank, mein Einbiegen auf die Straße des Glücks und mein Absturz, physisch und psychisch. Ich schreibe an gegen die totale Niereninsuffizienz. Gegen den Verlust der Kontrolle über das eigene Leben und die völlige Abhängigkeit von Geräten, an denen ich hänge wie Leonardo di Caprio an einer Bootsplanke am Ende des Films über den Untergang der Titanic. Ich schreibe an gegen die psychische Leere, gegen dieses schmerzende Gefühl im Brustbereich, die völlige Apathie und

Antriebslosigkeit, die mich manchmal beschleicht. Je öfter ich in diese Trübnis eintauche, desto näher fühle ich mich meiner Mutter. Wie habe ich sie wegen ihres Daseins in der Dunkelkammer still und heimlich oft verurteilt! Habe ihr Willenlosigkeit unterstellt. Sie lässt sich einfach nur gehen, dachte ich damals, warum reißt sie sich nicht zusammen? Heute weiß ich, ich habe ihr Unrecht getan. Depression ist eine sehr ernstzunehmende Krankheit. Sie macht einen ohnmächtig. Weil ich nur auf der Warteliste bei einigen psychologischen Praxen stehe, bin ich ersatzweise in Foren gegangen und habe mich erstmals so richtig mit diesem Thema beschäftigt. Meine Mutter ist in einer psychiatrischen Klinik, weiß ich jetzt von meinem Vater. Ich werde sie besuchen. Lange genug habe ich sie in einem falschen Licht gesehen. Wenn schon das Verhältnis zu meinem Vater nicht mehr zu kitten ist, will ich mich wenigstens meiner Mutter nähern. Bei dem Gedanken wird mir ganz warm ums Herz. Früher habe ich meine Mutter als die perfekt funktionierende Arbeitsmaschine gesehen. Zuverlässig wie eine Rolex. Aber genauso emotionslos. Jetzt sehe ich in ihr einen kranken, vom Leben verletzten Menschen. Eine Mama, die ein Anrecht hat, von ihrem Sohn so akzeptiert zu werden wie sie ist. Ein Sohn, der jetzt ähnliche depressive Symptome zeigt wie sie. Ganz schön schwer, sich so was einzugestehen.

29

Lange kahle Flure. Das sterile Licht von nichtssagenden Deckenleuchten. Ein Zimmer mit toten Wänden. Leere Augen schauen mich an. Sie steht verloren im Raum, den Rücken leicht gebeugt. Ich spreche sie an, sage Mama. Aber sie reagiert nicht. Ich bin nicht sicher, ob sie mich überhaupt erkennt. Dass sie jetzt in dieser nüchternen Zelle sitzt, ist auch meine Schuld. Meine Flucht, der Bruch. Ich habe das damals nicht mitbedacht oder unterschätzt. Was so etwas auslösen kann. Sie ist meine Mutter! So emotional fern man seinem Kind auch ist, bleibt es doch immer das Kind! Sie war mir im Inneren vielleicht nah, aber nicht mehr fähig, diese Nähe zu zeigen und zu leben.

Mein Erscheinen nach fünf Jahren ändert nichts. Keine Freude, kein Erschrecken, gar nichts. Vielleicht kommen wir uns näher, wenn ich sie jetzt öfter besuche. Aus einem Stoffbeutel hole ich eine grüne Schildkröte mit Knopf im Ohr und aus streichelweichem Webpelz. Ich gebe sie ihr.

„Für dich, Mama. Du magst doch Schildkröten."

Die Perlenaugen der Schildkröte schimmern. Meine Mutter hält sie sich vors Gesicht und reibt dann ihre Nase an dem weichen Kopf des Stofftiers. Ich überlege, wie ich in ein Gespräch mit ihr komme. Oder redet sie generell nicht mehr?

Sie hat zerzauste Haare, trägt ein konturloses weißes Hemd. Auf ihrem Nachttisch steht ein Tablettendispenser mit roten und weißen Pillen, daneben eine Flasche Multivitaminsaft. Ich zeige auf die Flasche.

„Von Papa?"

Sie schaut mich an und doch durch mich hindurch. Die Welt, in der sie lebt, erreiche ich gerade nicht. Ich sitze an dem kleinen Tisch auf einem Stuhl mit silbermetallenen Beinen, meine Mutter hat auf ihrem Bett Platz genommen. Ich zögere, doch dann stehe ich auf und setze mich neben sie aufs Bett. Unsere Beine berühren sich. Sie dreht sich zur Seite, wirkt unangenehm berührt. Doch nach einigen Sekunden legt sich das. Sie starrt vor sich hin, und ich starre mit. Der Boden ist aus grauem Linoleum.

„Willst du der Schildkröte einen Namen geben?"

Sie hält sie schon die ganze Zeit krampfhaft fest. Drückt sie an ihr Herz. Schweigt. Mir fällt ein Name wieder ein.

„Möchtest du sie vielleicht Franziska nennen?"

Jetzt habe ich mich ihr zugedreht, beobachte sie von der Seite. Über ihr Gesicht geht ein leichtes Zucken. Sie öffnet die Lippen und haucht etwas, was ich nicht verstehe. Dann dreht auch sie sich zur Seite und schaut mich an. Ihr Blick ist weiterhin leer. Doch irgendwo ganz im Inneren der Augen glaube ich jetzt etwas blitzen zu sehen. Wieder öffnet sie den Mund und formt drei Worte, die ich jetzt verstehe.

„Wer bist du?"

Ich schlucke.

„Ich bin Philipp. Dein Sohn, Mama."

Sie starrt wieder auf das Linoleum.

„Was wollen Sie?", stößt sie hervor.

Mir fällt es schwer, weiterzureden. Aber es muss sein.

„Ich wollte mich bei dir entschuldigen, Mama. Ich hätte damals nicht so einfach abhauen dürfen. Und überhaupt habe ich …"

Sie zittert am ganzen Körper. Ich bekomme Angst und drücke den Notknopf. Eine Schwester kommt, misst sofort den Blutdruck und kontrolliert die Tabletten im Dispenser.

„Ihre Mutter braucht jetzt dringend Ruhe. Bitte gehen Sie!", verabschiedet sie mich.

Vor der Klinik setze ich mich auf eine Bank. Am Himmel sind schwere schwarze Wolken aufgezogen. Gar nicht weit weg ist ein Donner zu hören. Jetzt sehe ich Blitze, die ein schlecht gelaunter Wettergott auf die Erde niedergehen lässt. Ich bleibe sitzen. Alles sieht nach einem bevorstehenden Wolkenbruch aus. Aber wenn ich durchnässt werde, ist das in Ordnung. Ich will hier gerade nicht weg. Mir fallen Wortfetzen aus einem wenig bekannten Gedicht von Bertolt Brecht ein. Es heißt *Meiner Mutter*. Ich bekomme es nicht mehr zusammen. Mit meinem Handy google ich es, bleibe vor allem bei den letzten beiden der vier Verse hängen:

Sie, die Leichte, drückte die Erde kaum
Wieviel Schmerz brauchte es, bis sie so leicht ward!

Ist meine Mutter nicht auch dabei, sehr leicht zu werden? Der Tod, wäre er für sie nicht eine Er-leichterung? Ich frage mich, was das für ein Leben ist, das sie noch führt. Für meinen Vater muss das auch schrecklich sein. Ich erinnere mich an ein Buch, das ich in einer Buchhandlung angelesen habe. Der Autor ist mir entfallen. Aber es ging um einen Sohn, der sich um seinen demenzkranken Vater kümmert. Er merkt, wie wenig sinnvoll es ist, den Vater aus seiner Demenz herausziehen zu wollen. Stattdessen dreht er das Ruder herum: Er versucht nicht weiter, den Vater in die Welt der „Normalen" zurückzuholen, sondern er begibt sich in seine Welt. *Der alte König in seinem Exil*, so der Titel. Sein Vater ist der alte König – und er, der Sohn besucht ihn in seinem Exil, in seiner Welt der Demenz mit den ganz eigenen Bildern und Logiken. Wie, wenn ich das bei meiner Mutter auch so halte? Wenn ich einfach nur zu ihr komme, mich neben sie setze und mit ihr schweige. Denn Schweigen, das scheint jetzt ihr Reich, ihr Exil zu sein. Das nehme ich mir vor: Ich werde sie nicht mehr zuquatschen. Nichts mehr erreichen wollen bei ihr. Nur bei ihr sein. Mehr nicht. Bei der alten Königin in ihrem Exil.

Drei Tage später besuche ich sie wieder. Dieses Mal hat sie eine rote Stoffhose und eine apfelgrüne Bluse an. Ich lade sie zu einem Spaziergang auf dem Hof ein. Es ist ein milder Oktobertag, die Sonne hat sich entschieden, uns ein bisschen zuzulächeln. Wir sprechen kein Wort. Als ich sie in ihr Zimmer zurückbringe und sie zum Abschied drücke, spüre ich einen leichten Gegendruck. Die erste Reaktion seit so langer Zeit. Mir tut das unendlich gut. Eine, wenn auch winzige Perspektive tut sich auf. Auf dem Flur, als ich sie verlassen habe, kommen mir sogar Tränen. Ob sich unser Verhältnis auf diese Weise noch verbessern wird? Wenn ich sie regelmäßig besuche. Mit ihr spazieren gehe und schweige. Dann entsteht, so hoffe ich, mehr Nähe. Aus meiner Mutter wird meine Mama. Doch die weite Fahrt zur Psychiatrie und meine vielen eigenen Termine in der Klinik erschweren diesen Vorsatz. Außerdem will ich das Gespräch mit Lou suchen. Das steht für mich jetzt fest. Natürlich wegen der Nierenspende. Aber nicht nur. Alte Wunden zu heilen, tut der Seele so gut. Gerade habe ich es bei meiner Mutter erlebt. Die nächsten Tage bin ich beflügelt. Aber mein Kreislauf macht nicht mehr gut mit. Ich habe heftige Magenprobleme, kolikartige Schmerzen. Muss mich oft übergeben und kann kaum noch etwas essen. Diese verdammte Restniere, sie wird doch jetzt nicht ihren Geist aufgeben?

30

Mühselig bin ich aufgestanden. Im Bad erschrecke ich, als ich mich im Spiegel sehe. Meine Augäpfel haben sich weit in die Höhlen zurückgezogen, die Oberarme sind dünn wie Stiele von Kochlöffeln, weil ich fast nichts mehr esse und Muskeln kaum noch einsetze. Mein Körper verliert seine Spannung. Ich reiße mich zusammen, um die Reise anzutreten.

Ankunft am Bahnhof in Kochel. Sie hat ihr Biochemie-Studium abgeschlossen. Jetzt arbeitet Lou in einer großen Pharmafirma in Penzberg, mit dem Auto nur eine Viertelstunde von Kochel entfernt. Das habe ich ihren Social- Media-Aktivitäten entnommen. Ich habe ihr eine Karte geschrieben, nur mit dem Vorschlag, uns am Bahnhof zu treffen und zum Kochelsee zu gehen. Ohne ein Thema zu benennen. Lediglich die Uhrzeit, wann ich ankomme. Spazieren am See, das führt zu einem guten Gespräch, hoffe ich. Ich denke an Nora Kolisch. Die für mich so wichtige Unterhaltung am Ammersee. Was sie gesagt hat, vom Aktivwerden, vom Zutrauen zu sich selbst, vom Dasein für andere. Schon Aristoteles ist mit seinen Schülern spazieren gegangen, um auf gute Gedanken zu kommen.

Ich weiß nicht, ob sie kommt. Ihre Adresse habe ich nur mit Mühe gerade mal so herausgefunden. Sie hat auf meine Karte nicht geantwortet. Ich steige aus dem Zug, gehe durch die kleine Bahnhofshalle. Niemand ist zu sehen. Ich verlasse die Halle, betrete die Straße. In der Nacht hat es geregnet. Der Asphalt ist noch dunkel von der Feuchtigkeit. Da steht sie vor mir. Sie sieht so ganz anders aus als ich sie in Erinnerung habe. Die ehemals langen blonden Haare trägt sie jetzt kurz. Ihr Tank-Top lässt muskulöse Oberarme und einen gepiercten Bauchnabel erkennen. Eine goldene Perle blinkt mich von dort an. Auch auf einem Schneidezahn ist ein Glitzersteinchen zu sehen.

Scheu begrüßen wir uns, geben uns die Hand wie Kongressteilnehmer, die sich noch nicht kennen. Ich lächle nervös, Lou schaut ernst. Nur kurz halten wir es aus, uns in die Augen zu schauen. Ich habe das Gefühl, sie ist über mein Aussehen geschockt. Ich war es am Morgen vor dem Spiegel ja selbst.

„Gehen wir zum See?"

Sie antwortet nicht, bahnt sich aber den Weg an einigen amerikanischen Touristen vorbei. Stumm laufen wir durch die Stadt. Die Sekunden dehnen sich wie Teig.

„Warum hast du mir geschrieben?"

Mit der Frage war zu rechnen. Trotzdem überfordert mich die Direktheit.

„Äh, vielleicht weil ich dir zuhören will. Wie es dir so ergangen ist die letzte Zeit. Und weil auch ich dir erzählen könnte, was so mit mir ist."

Leere Worte, so empfinde ich es. Ein unglaublich dummes Geschwätz. Ich fühle mich nicht wohl. So schrecklich stelle ich mir ein Date über ein Onlineportal vor. Studien haben ergeben, dass wir nach fünf Sekunden wissen, ob uns der andere Mensch sympathisch ist und ob es mit dem etwas werden könnte. Das hier ist ein anderes Date. Und trotzdem habe ich auch hier schnell das Gefühl, es war ein Fehler.

„Ach, auf einmal?"

Ein kalter Wind, eine eisige Strömung geht von Lou aus. Wir sind am See angekommen, laufen nebeneinander die Strandpromenade entlang. Mein Vater hat mit ihr telefoniert, bin ich mir in diesem Augenblick sicher. Er hat sie vor dem Nierenbettler gewarnt.

„Ja, auf einmal. Ich dachte mir, wenn wir uns jetzt nicht mehr annähern, wird das nie wieder etwas."

Ich eiere rum. Komme mir vor wie eine Wespe, die in einem leeren und umgestülpten Colaglas gefangen ist. Die Cola hat verführerisch gerochen, aber jetzt ist sie eine tödliche Falle. Überall unsichtbare Widerstände, kein Weg, der mich ins Freie führt. Wenn ich mein Nierenproblem nicht hätte, würde ich davonrennen.

„Lou, ich habe Mama besucht. In der Psychiatrie. Ihr geht es nicht gut. Aber ich gehe jetzt öfter zu ihr. Ich glaube, es tut ihr gut, wenn sie von vertrauten Menschen umgeben ist."

Lou lacht auf.

„Du nennst dich also einen vertrauten Menschen? Vor fünf Jahren hast du auch sie einfach so verlassen. Was glaubst du denn? Dass ihr das nicht weh getan hat?"

Lass dich nicht provozieren, sage ich mir. Du musst sie verstehen. Sie ist in einer schwierigen Situation. Ein Bruder, der vor fünf Jahren abgetaucht ist, steht plötzlich wieder vor ihr und will was. Eine Niere, das weiß sie vermutlich. Da ist es normal, auf Abwehr zu gehen. Bleib ruhig, bleib ruhig, bleib ruhig. Ich sage das gegen eine innere Kraft an, die mich reizt und stichelt und aufpeitscht. Die mir sagt, halte dagegen. Lass dich nicht wieder, wie so oft in der Kindheit, von deiner Schwester unterbügeln. Ich weiß, wenn ich mich jetzt gehenlasse, endet es wie mit meinem Vater. Es ist für immer vorbei.

„Du kritisierst mich zurecht. Meine Flucht damals, sie war ein Fehler. Jedenfalls dieser radikale Bruch."

Wir kommen an einer Bank vorbei, nehmen Platz. Lou setzt sich eine Sonnenbrille auf. Während sie auf den See schaut, beobachte ich sie von der Seite. Ihre Mundwinkel zucken leicht.

„Und wieso fällt dir das jetzt gerade ein?"

Es hat keinen Zweck. Das sind alles nur Ablenkungsmanöver. So kommen wir nicht weiter.

„Hast du mit Papa die letzten Tage gesprochen?"

Sie schaut weiter auf den See, wo ein paar Möwen wegen eines erbeuteten Fisches aufeinander einhacken.

„Er hat mich angerufen und mir gesagt, dass du krank bist."

Krank. Ich frage mich, wie mein Vater das gemeint hat. Geisteskrank? Weil ich mich wieder mit ihm gestritten habe? Oder hat er ihr von meiner wirklichen Krankheit, der kaputten Niere erzählt?

„Er hat gemeint, du würdest dich sicher bald bei mir melden."

Ich beiße mir auf die Lippen, warte ab, ob noch etwas kommt.

„Plötzlich seien wir dir wieder wichtig, meinte er. Und siehe da, schon meldest du dich."

„Du weißt, was ich von Papa und jetzt von dir will."

Sie zieht die Sonnenbrille ab und schaut mir jetzt direkt in die Augen. In ihren stehen Tränen, kurz vor dem Überlaufen.

„Findest du das nicht verrückt? Du haust vor fünf Jahren einfach ab. Lässt dich dann adoptieren. Deine Eltern erfahren das per Gerichtsbescheid. Deine Mutter landet deswegen endgültig in der Psychiatrie, dein Vater wird zum Trinker. Und mir willst du jetzt mein Leben zerstören, indem du mich um eine Niere anbettelst. Ich habe mein Studium abgeschlossen, bin in einem guten Job, habe einen Freund. Wir wollen heiraten, Familie gründen, ein Haus kaufen oder bauen. Und jetzt kommst du daher und meinst, ich gebe dir einfach mal so eine Niere ab, nur weil du gemeint hast, du könntest dich auf einen gefährlichen Berg ohne angemessene Sicherung begeben. Findest du das normal?"

Jetzt weint sie heftig. Sie zieht wieder die Sonnenbrille auf, schaut zum See. Ich habe Mühe, alles zu sortieren, was ich gerade gehört habe. Mein Vater ist ein Trinker, das habe ich vermutet. Trotzdem ist die Nachricht für mich neu. Wenn er das ist, ist er als Nierenspender ohnehin nicht geeignet. Das hätte er mir auch klar sagen können. Es hätte ihn entlastet, was die Nierenspende betrifft. Aber Alkoholismus ist so schambehaftet. Die Betroffenen sind die letzten, die es zugeben. Aber rief er am Schluss unserer Begegnung nicht etwas von Bedenkzeit, was mein Anliegen betraf? Das wäre dann ein Bluff gewesen.

Ich sei auf einem Berg ohne Sicherung gewesen, behauptet Lou. Das hat mein Vater so nach meinem Bericht ihr gegenüber behauptet. Aber es stimmt so nicht. Aber das ist nicht wichtig. Einen Fehler habe ich ja dennoch gemacht, was die Sicherung betrifft. Sie hat einen Freund und den Wunsch nach Familie, gibt sie so nebenbei preis. Das ist ein Argument, das ich akzeptiere.

„Das mit deinem Freund und dem Familienwunsch habe ich nicht gewusst", sage ich und schaue jetzt auch auf den See mit den streitenden Möwen. „Wenn das so ist, habe ich natürlich erst recht Verständnis, wenn du dir eine Nierenspende nicht vorstellen kannst."

„Ach, und sonst nicht? Angesichts all dessen, was ich dir vorhin aufgezählt habe?" Sie spricht weiter scharf, weint aber nicht mehr.

„Bei dem Gedanken, dir nicht zu helfen, komme ich mir nicht gut vor", fährt sie schließlich mit trockener Stimme fort. „Obwohl du dich so unmöglich verhalten hast, den Eltern und mir gegenüber, bist du immerhin mein Bruder. Natürlich denke ich mir, dem musst du helfen. Aber es ist so ein hoher Preis, der dafür zu bezahlen ist. Mein Freund ist Arzt. Er hat mir die Risiken aufgelistet, die es bei so einer Operation gibt. Vor allem aber, was die Folgen sein können. Wenn dann meine eine Niere irgendwann mal ausfällt, war es das für mich. Auch kann es zu chronischen Schmerzen kommen. Wenn ich mal Kinder habe und eins vielleicht eine Niere braucht, muss ich sagen, sorry, ich hab schon ..."

Sie spricht jetzt ruhig. Die letzten Tage hat sie sich schon mit der Frage einer Nierenspende beschäftigt, das ist mir jetzt klar. Ihren Freund hat sie befragt. Sich im Internet erkundigt. Sich mit meinem Vater ausgetauscht. Ich habe das Gefühl, sie ist gar nicht grundsätzlich abgeneigt, über eine Nierenspende nachzudenken. Nur sprechen zu viele Gründe dagegen. Während ich das denke, spüre ich heftige Schmerzen im unteren Rücken. So als ob mir jemand einen stumpfen Gegenstand dort hineinpresst. Ich gleite von der Bank und robbe auf allen Vieren zum Gebüsch wenige Meter weiter, um mich dort zu übergeben.

„Was ist denn los?" Lou steht seitlich von mir und hat sogar ihre Hand auf meinen Rücken gelegt, während ich noch wie ein Hund vor dem Gebüsch ausharre. Einige Spuckefäden hängen aus meinem Mund. Ich muss einen fürchterlichen Anblick bieten.

„Ich muss nach München zurück. In die Klinik."

Sie will einen Rettungswagen rufen, aber ich lehne ab. Attacken wie die eben haben sich in der letzten Zeit gehäuft. Meine Werte sind einfach zu schlecht. Von der Fahrt nach Kochel hätten mir die Ärzte sicher abgeraten. Aber es war mir wichtig, wenigstens versucht zu haben, mit Lou zu sprechen. Sie nach München zu bestellen, das wäre angesichts unserer jahrelangen Distanz nicht gegangen, ohne dass ich ihr vorher den wahren Grund meiner Kontaktaufnahme sage. Und wäre sie dann gekommen? Warum hätte sie das tun sollen? Ich wollte etwas von ihr, also musste ich zu ihr kommen und nicht umgekehrt. Meine Entscheidung, nach Kochel zu fahren, war richtig, auch wenn ich jetzt mit heftigen Schmerzen dafür bestraft werde.

Wir kommen am Bahnhof an. Ein Stück des Weges habe ich mich auf Lou gestützt. Eine körperliche Nähe, die uns beiden fremd ist. Ein Zug fährt in fünf Minuten.

„Philipp", sagt Lou. Wie fremd klingt das, meinen Vornamen aus ihrem Mund zu hören. Sie hat ihn schon Jahre nicht mehr ausgesprochen. „Ich würde dir vielleicht helfen. Aber ich kann das nicht so hopplahopp entscheiden. Das braucht Zeit."

Siehst du denn nicht, wie es um mich bestellt ist, denke ich mir. Wie gealtert ich bin und wie wenig ich mich noch auf den Beinen halten kann, weil das bisschen Niere, das ich noch habe, versagt. Ohne Nieren hänge ich nur noch an Geräten. Ein schreckliches Leben. Und die Lebenserwartung sinkt rapide. Du brauchst Zeit, sagst du. Zeit, die ich nicht mehr habe. Aber ich freue mich auch, dass sie überhaupt über eine Nierenspende nachdenkt. Nach allem, was war. Das ist irgendwie ein riesiges Glück im Unglück. Warme Gefühle durchströmen mich deswegen.

„Würdest du echt darüber nachdenken?", stammele ich wie ein Betrunkener.

Lou hat die Sonnenbrille in die Haare hochgesteckt. Ich schaue aus meiner gebeugten Haltung hoch zu ihr in die türkisblauen Augen. Sie tut in diesem Moment etwas, was für mich so ist wie ein Sommerregen für die ausgelaugten Felder: Sie lächelt mich an. Milde, zugewandt, vielleicht sogar ein bisschen liebevoll. Zwei, drei Sekunden verharren wir so. Auge in Auge.

„Ich melde mich", sagt sie schließlich. „Gib mir mal deine Handynummer."

Mit Bluetooth tauschen wir die Nummern. Wir haben wieder einen Kontakt. Aber haben wir auch eine Verbindung?

31

Lou ruft mich schon am nächsten Tag an. Ich liege nach dem Vorfall gestern wieder in der Klinik. Sie will wissen, ob es mir besser geht. Von einer Nierenspende spricht sie nicht. Aber ihr Tonfall ist deutlich wärmer, moderater als gestern anfangs am See. Nicht mehr dieses Bissige.

„Kannst du dich an meine Stoffäffchen erinnern?", wage ich mich darum zu fragen. Eine Zeitlang ist es still und ich beobachte eine Amsel, die sich auf das Fensterbrett meines Krankenzimmers gesetzt hat.

„Stoffäffchen?"

Weiß sie wirklich nicht, was ich meine?

„Ja, diesen grauen und diesen braunen Affen. Du hast sie mir mal weggenommen und auf den Misthaufen geworfen."

„Hm. Kann mich ganz schwach erinnern, dass da was war. Warum bringst du das jetzt?"

„Weil mich das bis heute beschäftigt. Ich sage das allerdings ohne Vorwurf. Nur weil du dich ja fragst, warum ich den Kontakt zu dir und den Eltern so komplett abgebrochen habe."

„Und das wegen dieser Affengeschichte?" Sie wirkt verständnislos.

„Nein. Nicht direkt. Das war nur eine seelische Wunde, die bei mir nie richtig geheilt ist. Für meine Flucht gibt es viele Gründe. Und ...", ich halte es für wichtig, das zu ergänzen, damit wir im Gespräch bleiben, auch weil ich es selbst mittlerweile glaube, „... ich bin daran mit schuld. Es war ein Fehler, in dieser radikalen Form zu handeln. Das habe ich dir schon gesagt. Außerdem habe ich, nachdem ich die Affen auf dem Misthaufen entdeckt habe, wild auf dich eingeschlagen. Das war auch nicht so gut."

Lous Erstaunen über die mich belastenden Traumata der Kindheit wird noch größer, als ich ihr von dem Kleiderdiebstahl beim Abstieg von der Alm in Südtirol erzähle.

„Das war doch nur ein Kinderscherz", sagt sie und man hört an ihrer Stimme, wie wenig sie versteht, dass mich das so lange so stark belastet. „Wenn du mir das jetzt so erzählst, tut es mir auch leid. Bei den Äffchen habe ich damals, glaub ich, gar nicht durchschaut, wie wichtig sie dir waren. Und als ich die Kleider geklaut habe, habe ich nicht darüber nachgedacht, mit wieviel Scham das verbunden ist."

Verschiedenes Wahrnehmen, verschiedenes Gewichten. Was für mich eine Tragödie war, geht für sie eher in Richtung Komödie. Wir telefonieren schon eine halbe Stunde. Jetzt leuchten auch gute gemeinsame Zeiten auf. Lou und ich bei einem anderen Urlaub in Südtirol. Wir waren noch klein. Mit Kindern auf dem Bauernhof haben wir Indianer gespielt. Um sich ihrer Zugehörigkeit zum selben Indianerstamm zu versichern, riefen alle Kinder sich *Indianerblut* zu, immer wenn sie sich bei ihren geheimen Streifzügen trafen. Einmal begegneten Lou und ich uns zufällig im Heustadel. Wir blieben voreinander stehen. Unsere sonstige Abneigung war in diesem Augenblick vollkommen verflogen.

„Indianerblut", sagte Lou damals.

„Indianerblut", sagte ich.

Wir fühlten uns so verbunden wie vielleicht sonst nie in unserer Kindheit. Auch weil wir die anderen Kinder nicht kannten und uns untereinander in der Fremde solidarisierten. Als Geschwister. Das war eine Bande, die in diesem Augenblick größer war als alles Trennende. Dieses Erlebnis habe ich nun wiederum völlig vergessen, während Lou es detailliert beschreibt. Bleiben mir die schlimmen Erinnerungen besser haften? Südtirol war für mich immer verbunden mit Lous Diebstahl der Kleider am Bach. Fällt es schwerer, das Glück zu speichern als das Unglück?

Mir schwinden die Kräfte. Ich muss das Gespräch beenden, weil ich müde bin. Später habe ich noch Untersuchungen. So gut mir das Gespräch mit Lou getan hat: Mein Körper ist ein beschädigter Schiffsrumpf. Im Augenblick nicht tauglich für die große Fahrt. Aber ich spüre, wie weit und erhaben das Meer ist. In Telefonaten mit Lou.

32

Tags darauf rufe ich Lou an. Sie ist gerade aus Penzberg von der Arbeit zurückgekommen.

„Ich habe dir per Whatsapp einen Liedtext geschickt. Die dritte Strophe des Mondlieds von Matthias Claudius. Lies dir das doch bitte durch, auch wenn du das jetzt merkwürdig findest."

Geduldig warte ich, bis Lou den Text gefunden und gelesen hat.

„Ja. Hab es gelesen. Und?", fragt sie schließlich.

Ich erzähle ihr von der Zauberstunde mit Herrn Bruckner, führe aus, wie er mir den Text damals erklärt hat. Jetzt glaube ich, die alten Worte besser zu verstehen. „Weißt du, ich finde, wir haben in unserer Familie auch zu oft das Problematische im anderen gesehen. Das lag an der negativen Grundstimmung, die sich aus Angst, Anspannung vor beruflichem Versagen und Misstrauen gespeist hat. Mein Vater hat bei mir nur das problematische Verhalten gesehen, ich aber auch bei ihm. Auch für uns beide trifft das zu. Auf mich jedenfalls. Ich habe die für mich negativen Erlebnisse mit dir besser abgespeichert als die guten. Das ist, wie wenn ich nur auf den dunklen Teil des Mondes schaue. Die Hälfte, die die Sonne nicht bescheint."

„Das mit dem Mond ist ein gutes Bild." Mehr sagt Lou nicht. Kein Wort zur Nierenspende. In mein Zimmer tritt die Nephrologin. Sie sagt mir, es sähe nicht gut aus. Ich müsse wohl dauerhaft an die Dialyse. Lou hört das nicht mehr. Sie hat aufgelegt.

Vor kurzem habe ich *Butcher's Crossing* von John William gelesen. Er beschreibt Fellhändler, die ihren Wagen viel zu vollgepackt haben. Beim Durchqueren eines Flusses kentert der Wagen und fast alle Felle schwimmen ihnen davon. So fühle ich mich jetzt auch. Ich habe einfach zu viele Erwartungen an Lou gehabt. Warum sollte sie mir eine Niere spenden und ihr eigenes Leben so aufs Spiel setzen? Mir schwimmen jetzt nicht nur die Felle weg. Auch noch der Wagen mit den Zugpferden.

Jetzt habe ich die Langsamkeit entdeckt. Alles schleppt sich, steht sogar still, nur der Tod bewegt sich. Er kommt auf mich zu, immer schneller.

Die letzten fünf Minuten des Lebens ein ungeheurer Reichtum – glaubst du das wirklich, Fjodor Dostojewski?

Bist du eingekeilt in deine Selbstbezogenheit wie ein Kieselstein in der Fußsohle von Sam Hawkens, dann probiere es mal mit ein paar neuen Schuhen.

Schmerzen, so unerträglich ...

Vielleicht ---

EPILOG von LOU

Mit diesen Worten endet das Manuskript, das ich auf einem Speicherstick gefunden habe. Der Stick lag im Nachtschrank meines Bruders im Krankenhaus. Seit September hat er an dem Text geschrieben. Er hatte mir von dem Stick in einem unserer letzten Gespräche erzählt und mich gebeten, ihn, sollte er sterben, an mich zu nehmen. Ich, aber auch mein Vater sollten den Text lesen, um sein Verhalten besser zu verstehen. Mein Vater und ich haben die Seiten wie im Rausch gelesen. Hier zeigt uns Philipp sein Innenleben, das nach außen so gar nicht zu erkennen war. Ein verletzlicher Mensch, bei dem wir nicht ahnten, was sich alles in ihm abgespielt hat. Immer wieder haben mein Vater und ich einzelne Stellen uns vorgelesen und darüber diskutiert. Warum nicht früher mit Philipp selbst, als es noch möglich war?

Uns haben Philipps Schilderungen sehr berührt. Würden sie nicht auch andere Menschen bewegen? Eine Warnung sein für diejenigen, die notwendige Gespräche in streitenden Familien zu lange hinausschieben? Die Bereitschaft zum Organspenden erhöhen oder zumindest für das Thema sensibilisieren? Das Aufeinanderaufpassen als wesentlichen Kitt für eine sozial funktionierende Gesellschaft erkennbar machen?

Auf dem Speicherstick war auch noch eine Datei mit fünf kurzen Gedichten, die er in den letzten Tagen seines Lebens geschrieben hat. Ich füge sie mit der Datierung hier bei:

Wozu

Festhalten will ich alle Tage
Wie Wolken ziehen sie dahin
Und immer stärker drängt die Frage
Wozu ich wohl geboren bin

Das Glück

Wenn wir immer auf das Glück warten
Verpassen wir es
Weil es schon da ist
Klein und schön
Im Lächeln deiner Schwester zum Beispiel

Tränen

Jede Träne in dieser Welt
Wird ein Tropfen Liebe
Im großen Meer sein

Sein

Sein in Gedichten
Aufhören mit Richten
Den Seelengrund lichten
Das Bleibende sichten

Krieg und Frieden

Die Möwen auf dem See streiten nicht mehr
Sie teilen die Beute
Und die Menschen beginnen sich zu fragen
Ob nicht ein Funke Frieden alle Kriege
Die großen und die kleinen
Allein schon aufwiege

Vor seinem Tod habe ich Philipp jeden Tag in der Klinik besucht. Er hatte hohes Fieber und Schüttelfrost. Obwohl er sehr litt, war er zugleich milde und liebenswert. Nach meiner Hand hat er gegriffen, sie zart umklammert. Diese körperliche Nähe war für mich anfangs irritierend. Immerhin hatten wir seit Jahren keinen Kontakt mehr. Aber schnell habe ich mich daran gewöhnt und fand es sogar schön. Zwischen uns ist eine Nähe gewachsen, die mich überrascht hat. In seinen wachen Stunden haben wir uns an unsere gemeinsame Kindheit erinnert. Vieles hatten wir vergessen, vielleicht auch verdrängt. Natürlich waren schlimme Erlebnisse dabei, die Ausraster unseres Vaters oder die psychische Krankheit unserer Mutter. Darüber offen zu sprechen, tat mir und auch Philipp gut. Wir haben uns an viele gute Erlebnisse erinnert. Für Philipp war es, glaube ich, wie ein positives Erwachen, weil er sich über Jahre hin immer nur an das Belastende erinnert hat.

Mit Philipps Tod war nicht zwingend zu rechnen, auch wenn seine verbliebene Niere in diesen Tagen für immer ausfiel. Erst als die Nephrologin uns von Abszessen erzählte, die sich gebildet hätten, und von einer Sepsis sprach, die den gesamten Organismus angreife, war uns der Ernst der Situation bewusst. Nur noch für wenige Minuten war es Philipp jeden Tag möglich, den Laptop zu benutzen. Er schrieb die letzten Sätze seines Manuskripts und die Gedichte. Auch äußerte er einen Wunsch, der sich am dreißigsten Oktober erfüllte.

Ich war an diesem Tag nicht alleine zu Philipp in die Klinik gekommen. Er wollte, dass unser Vater ihn besucht. Man wisse ja nie, ob es vielleicht bald zu spät sei, um noch einmal miteinander zu reden, sagte Philipp mir am Tag vorher. Ich habe ihm nicht widersprochen, und meinen Vater brauchte ich nicht lange zu bitten. Ich habe die beiden alleine im Krankenzimmer gelassen. Als mein Vater das Zimmer verließ, war er sichtlich mitgenommen. Philipp lag still in seinem Bett und lächelte. Er drückte meine Hand und ich wusste, es war ein gutes Gespräch, was die beiden geführt hatten.

Drei Wochen lang habe ich die Entscheidung vor mir hergeschoben, ob ich ihm eine Niere spende. Am einunddreißigsten Oktober besuchte ich ihn in der Klinik. Ich fand ihn unruhig schlafend in seinem Bett vor. Er wirkte so verloren, verletzt, einsam. Ich verließ das Krankenzimmer und versuchte, seine Nephrologin zu erreichen. Meine Entscheidung stand jetzt fest. Ich wollte ihr mitteilen, dass ich für die Voruntersuchungen zur Nierentransplantation bereit wäre. Ehrlicherweise muss ich sagen, manchmal beschlich mich die Hoffnung, aus medizinischer Sicht vielleicht nicht geeignet zu sein. Dann hätte ich es immerhin versucht ... Aber dann maßregelte ich mich selbst und sagte mir, er ist dein Bruder, du musst das für ihn tun. Er ist auch ein ganz anderer jetzt als damals, als wir uns auseinandergelebt haben. Und ich hoffte dann um so stärker, die passenden Werte für eine Transplantation zu haben. Die Nephrologin war an diesem Tag nicht zu erreichen. Ich habe es ihr am nächsten Tag gesagt. Trotz der Sepsis rechneten wir nicht mit Philipps Tod.

Am ersten November kam Philipp für ein, zwei Stunden zu Bewusstsein, wie mir eine Krankenschwester berichtete. Er kämpfte mit den Schmerzen und bat darum, noch einmal etwas in den Computer schreiben zu dürfen. Es war das Gedicht *Krieg und Frieden*. Außerdem fand ich noch ein Fragment auf der Datei, ganz am Schluss:

Verzeihen, warum ist das nur so schwierig? Ich frage mich;
warum ich jetzt erst … wenn mein Vater, Lou mir
vvvvvvvvvvvv

Er muss mit dem Finger auf den Tasten weggedämmert sein.

In der Nacht von ersten auf den zweiten November starb Philipp an den Folgen der Sepsis. Wenige Stunden zuvor hatte ich mit der Nephrologin die Schritte besprochen, wie die Voruntersuchungen für meine Nierenspende ablaufen. Davon erfuhr Philipp leider nichts mehr, er war nach dem Einschlafen am Laptop nicht mehr aufgewacht.

Als mich der Anruf aus dem Krankenhaus erreichte, bin ich sofort hingefahren. Man hatte Philipp noch bis zu meiner Ankunft im Bett liegen gelassen. Die Augen waren geschlossen, seine Gesichtszüge wirkten auf mich friedlich und erlöst. Mich überwältigte die Situation. Zugleich überfiel mich das schlechte Gewissen. Seinen Wunsch, eine Niere von mir zu bekommen, hatte ich auf die lange Bank geschoben. Ich hatte mir Bedenkzeit erbeten. Hätte ich sofort zugesagt, wäre es zwar auch schwierig geworden, innerhalb weniger Wochen eine Transplantation zu ermöglichen. Es bedurfte vieler Aufklärungsgespräche, Voruntersuchungen und der Entscheidung einer Ethikkommission. Aber es hätte vielleicht noch gereicht. Ich habe nicht für Philipp gekämpft. Mir fehlte dazu die Kraft, das Ganze hatte mich überrollt. Trotzdem und gerade deswegen habe ich ein unsäglich schlechtes Gewissen. Ist die Beziehung zwischen Geschwistern nicht etwas, was höher ist als alle Distanz und Streite, die man miteinander hatte? Muss sie nicht tragen, wenn es einem Geschwister so ganz schlecht geht wie Philipp? Hätte ich nicht sofort zustimmen müssen? Ihm damit vielleicht das Leben gerettet?

Wenn ich mich frage, warum ich die Entscheidung für eine Nierenspende vor mir hergeschoben habe, dann sind es zunächst einmal Feigheit und Egoismus. Ich hatte schlicht und einfach Angst, mit einer Nierenspende meine eigene Gesundheit aufs Spiel zu setzen. Das glaube ich zumindest. Ich frage mich, ob ich mich anders verhalten hätte, wenn ich mit meinem Bruder ein enges und gutes Verhältnis gehabt hätte. Ich kann die Frage nicht beantworten. Wenn ich Kinder hätte, die in so eine Situation geraten, würde ich mit Sicherheit sofort als Organspenderin zur Verfügung stehen. Hinter meinem Zögern steckt aber eine grundsätzliche Einstellung, die ich auch in meinem Freundeskreis beobachte: Die Dinge immer vor sich herschieben. Prokrastination nennt man das. Julia Engelmann hat das in einem Poetry Slam eindrucksvoll auf den Punkt gebracht. Wenn ich etwas aus dem Erlebnis mit meinem Bruder lerne, dann dieses: Ich werde nicht mehr so oft *irgendwann mal* oder *eines Tages* sagen, sondern manche Dinge einfach gleich erledigen. Vor allem die wichtigen und entscheidenden. Das hilft Philipp nicht mehr. Aber wenigstens hat sein Tod eine kleine positive Konsequenz. Sie soll aber nicht die einzige bleiben. Auf Philipps Beerdigung habe ich eine kurze Rede gehalten. Auch hier habe ich versucht, Philipps Leben und Sterben zum Anlass zu nehmen, um Gutes entstehen zu lassen:

Liebe Mama, lieber Papa, liebe übrige Familie, liebe Freunde und Bekannte von Philipp,

mein Bruder ist viel zu jung verstorben. Letztlich waren es die Folgen eines schlimmen Sturzes in den Alpen, die ihm das Leben gekostet haben. Aber auch ich habe versagt. Vielleicht hätte ich ihm mit einer Nierenspende helfen können. Ich habe zu lange gezögert. Damit muss ich leben. Ich fühle mich schuldig gegenüber Philipp, auch weil ich mir nie die Mühe gemacht habe, ihn zu verstehen. Kinder tun das nicht. Aber später, als Erwachsene, hätte ich es tun können. Er ist den letzten Wochen vor seinem Tod auf mich zugekommen. Anfangs hatte ich Angst vor den Gesprächen, aber dann habe ich festgestellt, wie einfach es im Grunde genommen ist. Vieles konnten wir noch klären. Aber für die Spende einer Niere habe ich zu lange gezögert.

Schuld trage ich aber nicht alleine. Er hat sein Leben aufgeschrieben. Im Manuskript habe ich erfahren, wie er mit vielen unsichtbaren und sichtbaren Widerständen und Gegnern zu kämpfen hatte. Er war in der Schule, in der Klasse ein Außenseiter. Das hat ihm oft wehgetan. Auch in der Familie haben wir ihn zu wenig beachtet oder falsch verstanden. Was uns sein Tod lehrt, ist dies: Wir sollten aufpassen, wenn Menschen an den Rand gedrängt werden. Sei es in der Klasse, im Sportverein oder auch ganz allgemein in der Gesellschaft, egal wo. Lasst uns gerade auf diese Menschen ein besonderes Auge haben und sie nicht noch weiter aus unseren sozialen Gefügen hinaustreiben. Vielleicht sind einige schon, unsichtbar für die Außenwelt, krank, fühlen sich einsam, brauchen jemanden, der zuhört und Rücksicht nimmt. Das gilt ganz allgemein für alle Menschen: Wir sollten gut aufeinander aufpassen. Im Besonderen trifft das auch auf die Menschen zu, die uns unmittelbar umgeben, die uns als Familie ans Herz gelegt sind, so schwierig sie sein mögen.

Philipp hat mit mir über das Mondlied von Matthias Claudius gesprochen. Die dritte Strophe lautet:

Seht ihr den Mond dort stehen?
Er ist nur halb zu sehen,
Und ist doch rund und schön.
So sind wohl manche Sachen,
Die wir getrost belachen,
Weil unsre Augen sie nicht seh'n.

Wir sehen oft nur eine Seite vom anderen Menschen, so hat mir Philipp das interpretiert. Und wenn uns die nicht gefällt, belachen wir sie, weil wir denken, so komisch und schräg und unvollkommen ist der oder die andere. Was wir aus dem Gedicht und von und mit Philipp lernen können, ist dies: Mach es dir zur Aufgabe, bei Menschen, die du nicht magst, herauszufinden, wo ihre gute Seite ist. Die Seite, die du nicht siehst, weil du nicht glaubst, dass es sie gibt. Das ist manchmal anstrengend, auf seine Mitmenschen ein klein wenig aufzupassen. Aber es macht die Welt besser.

Und noch ein letztes, was ich von und mit Philipp lerne. Er schreibt von einer Ärztin, die ihn sehr geprägt hat. Sie arbeitet in ihren Urlauben für Ärzte ohne Grenzen. In einem, ihn bewegenden Gespräch hat sie Philipp erklärt, was im Leben hilft, wenn man in einer Krise ist: Eine Therapie machen und sich nicht ständig nur um sich selbst drehen. Sondern sich eine Aufgabe suchen, bei der man sich um andere kümmert. Philipp selbst hat das getan, indem er trotz seiner schweren Krankheit einen Podcast entwickelt hat. Sein Ziel war es, Literatur als Lebens-Mittel darzustellen. Zu zeigen, wie sie helfen kann, Menschen zu verändern, zu heilen, zu prägen. Mit seinem Manuskript über sein Leben gibt er selbst Hilfe für andere, die in eine Krise geraten. Eigentlich war das Manuskript nur für seine

Familie vorgesehen. Damit wir ihn besser verstehen. Aber wir sind der Meinung, seine Schilderungen taugen für mehr: Dass wir alle besser aufeinander achten, wohlwollend auf andere zugehen und Ängste überwinden. Darum werden wir alles tun, um Philipps Text zu veröffentlichen und anderen Menschen in schwierigen Lebenslagen damit eine Hilfe zu geben.

Nein, dieses Engagement für Philipps Text ist kein Ersatz für die von mir versäumte Nierenspende. Aber es ist der Versuch, Philipp auf diese Weise wenigstens ein bisschen weiterleben zu lassen.

Ruhe in Frieden, Philipp, mein lieber Bruder

Nach meinen Worten spielte eine einsame Trompete das Lied vom Mond. Es war Herr Bruckner, Philipps Lehrer, der ihm so wichtig gewesen war. Die Töne kamen etwas zittrig, oder innig, die Stille danach hielt jedenfalls lange an. Am Grab war eine ganze Reihe seiner früheren Klassenkameraden. Ob Konrad dabei war, weiß ich nicht. Die meisten hatten eine weiße Rose oder ein paar bunte Feldblumen, die sie ihm ins Grab warfen.

Ich selbst hatte in unserem Haus in Starnberg in Philipps Zimmer nach den beiden Äffchen gesucht und sie schließlich in seinem Kleiderschrank gefunden. Sein Zimmer hatten meine Eltern seit Philipps Weggang unverändert gelassen. Vielleicht ein Zeichen, wie sehr sie eine Rückkehr erhofft hatten, ohne es auszusprechen. Warum Philipp die beiden Äffchen dort versteckt hatte oder ob das meine Eltern waren, weiß ich nicht. Jedenfalls fand ich es sinnvoll, sie ihm ins Grab zu legen. Jetzt waren sie für immer zusammen.

Auch meine Mutter war bei der Trauerfeier dabei. Sie war sehr gefasst. Ich bin mir nicht sicher, ob sie wirklich mitbekommen hat, wer da gestorben war. An ihre Brust drückte sie die ganze Zeit zärtlich eine Stoffschildkröte, die ich bisher noch nicht bei ihr gesehen hatte. Aus Philipps Manuskript weiß ich, was es mit dieser Schildkröte für eine Bewandtnis hat. Der Anblick rührte mich zutiefst und ich verdrückte ein paar stille Tränen.

Als ich mich vom Grab entfernte und über den Friedhof hinter meinen Eltern herging, sprach mich eine Frau an. Sie stellte sich als Nora Kolisch vor und ich wusste sofort, wer sie war.

„Ich habe ihren Bruder gemocht", sagte sie. „Er war auf einem Weg. Auch und gerade zu Ihnen. Und wenn ich eben gehört habe, wie Sie über ihn gesprochen haben, weiß ich, dass er dieses Ziel noch erreicht hat."

Mit meinen Eltern sitze ich nach der Trauerfeier auf der Terrasse unseres Starnberger Hauses. Viel zu selten haben wir das früher getan! Wir trinken Wein und Wasser und sprechen fast nichts. Unsere Gedanken sind bei Philipp, bei all den verpassten Chancen und den guten Annäherungen der letzten Wochen. Mama, Papa und ich, jeder hat für sich einen Weg mit und zu Philipp gefunden. Und er zu uns. Nora Kolisch hat das sehr fein beobachtet.

„Ein Mensch kann sehr lange, aber dennoch sehr wenig leben", sagte Michel de Montaigne vor mehr als vierhundert Jahren. Philipp hat nach dem Sturz nur noch fünf Monate gelebt. Das war nicht viel Zeit. Aber er hat noch sehr viel gelebt. Weil er einen Podcast produziert und die therapeutische Kraft des Lesens zu seinem Vermächtnis gemacht hat. Weil er sich sein Leiden von der Seele geschrieben hat. Tagebuch schreiben ist nachweislich heilsam. Wenn ich jetzt aus seinen Aufzeichnungen noch eine Hilfe für andere mache, indem sein Text als Buch erscheint, handle ich, da bin ich mir sicher, in seinem Sinne. Sehr intensiv hat Philipp die letzten Monate aber vor allem gelebt, weil er die Beziehung zu seinen nächsten Menschen noch geklärt hat. Von sich aus. Was für einen Mut hat er damit gezeigt!

Ich habe eine ganze Reihe Verlage angefragt, ob sie an dem Manuskript meines Bruders interessiert sind. Ich habe ihnen ein Exposé und die ersten dreißig Seiten geschickt. Aber alle haben abgewunken. Dann habe ich doch einen Weg gefunden, das Manuskript zu veröffentlichen. Die Zahl der vorgemerkten Exemplare in Buchhandlungen und im Online-Handel ist noch nicht so hoch. Aber ich habe das ungedruckte Manuskript einigen Bekannten zukommen lassen. Die haben es wieder anderen weitergeleitet. Zahlreiche Reaktionen sind gekommen. Ein älterer Herr verwendet ein seltsames Wort für das Buch, er nennt es eine „Trouvaille". Andere schreiben mir von ihren Problemen, von ihren schweren Erkrankungen ... und dass ihnen Philipp dabei helfe, das auszuhalten. So ist es möglich, dass das Buch durch Mundpropaganda mehr Leserinnen und Leser findet. Denn für Marketing habe ich weder Zeit noch Geld noch Wissen. Jedenfalls freue ich mich, das Vermächtnis meines Bruders auf diese Weise weiterzugeben. Philipp, du bist jetzt ein Buchautor, congratulations!

Die Dämmerung setzt ein und dimmt unseren Garten, das Haus, die Stadt herunter. In der Ferne treten die Umrisse der Wälder des Voralpenlandes wie die Zacken eines riesigen Zauns hervor. Die Vögel schweigen, und auch keine Autos sind mehr zu hören. Es ist, als ob die Welt stillsteht und um Philipp trauert. Dann sehen wir ihn. Wie ein mächtiger goldgelber Ballon zieht er seine einsame Bahn am Himmel, rund und schön. Es sieht so aus, als ob die Sterne ihm ein Spalier bilden. Ich schaue meine Eltern an. In ihren Augen spiegelt er sich.

Dank

In diesem Buch ist öfter von „Knacksen" die Rede. Inspiriert zu diesem Wort hat mich mein Studienfreund Roger Willemsen. Sein Buch „Der Knacks" ist so tiefgründig wie wundervoll. Leider ist Roger viel zu früh gestorben.

Organspende ist etwas Gutes. Ich habe selbst schon drei Mal eine Hornhaut transplantiert bekommen. Ein winziges Organ, von dem aber das Augenlicht abhängt. Was für ein Geschenk, das mir die Augenklinik der Ludwig-Maximilians-Universität München mit Frau Professor Messmer und Herrn Professor Priglinger sowie Herr Professor Kampik mit seinem Praxisteam damit bereitet haben!

Organe spenden kann man, in dem man einen Organspendeausweis mit sich führt oder dem familiären Umfeld mitteilt, wo er zu finden oder abgespeichert ist. Man bekommt ihn in vielen Apotheken und Arztpraxen. Oder man füllt ihn online aus, zum Beispiel hier, wo es auch weiterreichende Informationen gibt:

https://www.organspende-info.de/organspendeausweis

Ich danke Carola Holzer, die dieses Buch lektoriert und gestaltet hat. Und ich danke den jungen Menschen in der Ausbildung bei der Bayerischen Bereitschaftspolizei, die mich zu Geschichten wie der von Philipp inspirieren.